법보다
주먹!

법보다 주먹! 4

사략함대 장편소설

초판 1쇄 찍은 날 § 2016년 4월 6일
초판 1쇄 펴낸 날 § 2016년 4월 14일

지은이 § 사략함대
펴낸이 § 서경석

편집책임 § 이재림

펴낸곳 § 도서출판 청어람
등록번호 § 제387-1999-000006호
등록일자 § 1999. 5. 31
어람번호 § 제1-2396호

주소 § 경기도 부천시 원미구 부일로 483번길 40 서경B/D 3F (우) 14640
전화 § 032-656-4452 팩스 § 032-656-4453
http://www.chungeoram.com
E-mail § chungeorambook@daum.net

ISBN 979-11-04-90733-3 04810
ISBN 979-11-04-90634-3 (세트)

사략함대 장편소설

FUSION FANTASTIC STORY

4

법보다 주먹!

도서출판 청어람

법보다 주먹!

목차

제1장
반기를 들다

"…졸라 차네."

900고지는 10월 초라고 해도 춥다.

그리고 물은 수돗물이 아니라 심정(深井)에서 모터를 돌려 뽑아낸 지하수라서 더 차갑다. 겨울도 아닌데 빨래를 하는 손이 시리다. 이래서 이등병들은 빨래를 자주 안 하려고 한다.

"빨래하냐?"

그때 뒤에서 누군가 내게 말을 걸었다.

"이병! 박동철!"

나는 급하게 자리에서 일어나 차렷 자세로 섰다.

소대장, 일명 쏘가리였다.

"물 엄청 차갑지?"

"아닙니다."

"취사장에 가서 뜨거운 물 떠서 해라."
"예, 알겠습니다."
대답은 그렇게 했지만 이등병이 취사장에 가서 빨래할 건데 뜨거운 물을 달라고 하면 고문관 소리를 듣는다.
"어서 가!"
나를 위해서 저러는 것이지만 군대 물정 모르신다.
"예, 알겠습니다."
하지만 군대는 시키면 해야 한다.

"너, 닭이지?"
취사 분대장이 나를 째려봤다.
"이병 박동철! 시정하겠습니다!"
"씨발! 취사장이 졸라 우스운 모양이네……."
팍!
일명 사쿠라고 불리는 쇠로 된 국자로 머리통을 한 대 맞았다.
"꺼져!"
하여튼 군대 물정 모르는 쏘가리 때문에 나만 맞았다.
그렇게 뜨거운 물도 못 뜨고 다시 돌아와 손을 호호 불면서 빨래를 해야 했다.
"뭐 하냐?"
한참 빨래를 하는데 뒤에서 행정보급관님이 나를 불렀다.
"빨래합니다!"
자기가 시켜놓고 내게 묻는다.
"취사장 가서 이 말통에 세숫물 좀 떠와라. 머리도 감을 거니까 취사 분대장한테 많이 달라고 해."

"예, 알겠습니다."

이등병은 찬물로 빨래하는데, 행정보급관은 세수를 하는 데 뜨거운 물을 쓰신단다. 이게 군대라는 것을 확실히 알게 됐다.

"행정보급관님이?"

취사 분대장의 목소리부터 달라졌다.

"예, 그렇습니다."

"야! 끓여놓은 물 있어?"

취사 분대장이 급해진 것 같다.

"있습니다!"

"많이 가지고 오라고 하셨다고?"

"예, 그렇습니다."

"가져가!"

조금 전에는 취사장 졸라 우습냐고 했는데, 이번에는 말통 두 개에 뜨거운 물을 가득 담아줬다.

'…이게 군대네. 쩝!'

하여튼 그렇게 뜨거운 물을 떠서 세면장으로 갔는데 행정보급관님은 안 계셨다.

'뭐지?'

뜨거운 물만 남았다.

그리고 또 하나 알게 됐다. 군 생활은 짬밥이라는 것을.

그리고 나는 뜨거운 물로 빨래를 할 수 있었다. 보급병이라고 대놓고 편애하지 않으면서 도와주는 방법이 바로 이런 거였다.

군대는 계급이 아니라 짬밥이다.

"흑흑흑!"

그때 세면장 옆 화장실에서 흐느끼는 소리가 들렸다.

하지만 그것도 잠시, 철컥 소리가 나며 장칠수 상병이 화장실에서 나왔다.

'수첩!'

나는 주머니에서 수첩을 꺼냈다.

"장칠수 상병님!"

내가 자신을 장칠수 상병님이라고 부르자 놀라서 나를 봤다.

"이거… 아까 떨어뜨렸습니다."

"…고마워. 너, 보급병 됐다면서?"

"예."

"다행이다. 식사 준비 하느라 사격 못하겠네."

"예?"

"아니다. 다른 사람이 볼 때 그렇게 부르면 너도 내 꼴… 아니다, 곧……."

뭔가 말을 하다가 말꼬리를 흐리는 장칠수 상병이다.

'뭐지?'

등골이 오싹해지는 느낌이 들었다. 그리고 D-9일에 뭔가가 있는 것 같다.

'잠깐, 그날은 중대 전투력 측정 실사격 날이잖아?'

나도 모르게 표정이 굳어졌다. D-9의 의미가 어떤 것인지 이제 알 것 같다. 그렇다면 머뭇거릴 시간이 없다는 것이다.

'그럼 나는 오늘이 디데이다!'

나도 모르게 지그시 입술이 깨물어졌다.

*　　　*　　　*

행정반.

"야! 박 중사!"

행정보급관이 자신의 앞에 서 있는 박 중사를 불렀다.

"예, 행보관님!"

"이게 말이 되냐?"

"뭐가 말입니까?"

"마음의 편지에 불만도 없고, 구타 및 가혹 행위를 한 놈도 없고, 욕하는 놈도 하나도 없고. 이게 말이 돼?"

"…병사들이 그렇게 적은 겁니다."

"그렇게 적으라고 교육시킨 건 아니고?"

"아닙니다."

박 중사가 씩 웃었다.

"이러다가 안에서 곪아서 터진다. 그럼 대형 사고 터져!"

"전 아무 짓도 안 했습니다."

"씨발, 나도 욕을 하는데 욕한다는 간부가 하나도 없고 가혹 행위 한다는 병사가 하나도 없어? 세탁기 고장이 났는데 보고하는 새끼도 한 달째 한 놈도 없고? 그런데 마음의 편지에는 불만이 없어! 행보관님, 사랑합니다에 34표, 중대장님, 존경합니다에 45표! 이게 말이 되느냐고!"

"병사들이 행보관님을 사랑하는 것 같습니다."

박 중사가 넉살 좋게 말했다.

"너, 그러다가 크게 다친다. 나야 연금 받고 나가면 그만이지만."

"…예."

행정보급관도 마음의 편지가 조작이 되고 있다는 것을 잘 알고 있었다.

하지만 증거가 없기에 어떻게 하지 못하고 있었다.

"가봐!"

"죄송합니다."

"중대장은 2년 있다가 가면 그만이다."

"예, 하지만 그 2년 동안 제 평점을 쓰잖습니까."

"…알았다."

"신경 쓰시지 마시고 퇴근하십시오. 충성!"

보급병이 된 지 딱 하루 만에 새로운 사실을 알게 됐다. 중대를 이상한 분위기로 만드는 존재가 박 중사라는 것. 그리고 그 뒤에 진급에 눈이 먼 중대장이 있다는 것을. 행정보급관도 중대장에게는 하급자라서 크게 뭐라고 하지 못하고 있다는 것을.

'완전히 썩었네.'

어떤 면에서 행정보급관도 암묵적인 동조자인 것이다. 홀로 깨끗한 척하고 있으니 말이다.

하지만 가장 큰 문제는 중대장 같다. 군대에서 적보다 무서운 것은 무능한 지휘관이다. 대대장에게 잘 보이기 위해서 '제가 하겠습니다'라고 소리치는 중대장은 병사들을 살 떨리게 한다.

'완전 산 넘어 산이네.'

병사에게 일과 시간이 끝난다는 것은 휴식을 의미한다. 그리고 간부들에게는 퇴근을 의미한다. 그럼 우리 중대처럼 오지에 있는 독립 중대는 병사들의 세상이 된다.

물론 당직사관은 있다.

하지만 한 달에 다섯 번 이상 당직을 서도 시간 외 수당은 겨우 10만 원이다. 사회에서 하루 일당 정도의 돈을 받고 날밤을 새는 것이다. 그리고 네 시간 쉬고 다시 훈련해야 한다.

물론 그런 근무 취침도 고참 간부들에게나 주어진다.

그래서 당직 근무 때 잠을 자는 간부가 많다.

어떻게 아느냐고? 누군가에게는 남들이 쉬는 밤이 다른 이들의 낮보다 더 잔인하니까.

행정반에서 형편없는 인수인계를 받고 소대 내무반으로 왔다.

내무반은 언제나 싸한 분위기 그 자체였다.

34명의 소대원 중 장칠수 상병을 집요하게 괴롭히는 놈은 딱 다섯 명이다. 그중 핵심이 나송우 병장과 계두철이고, 나머지 셋은 그들에게 잘 보이기 위해서 괴롭히고 있다. 그리고 계두철 상병보다 짬밥이 많은 선임병 다섯 명 정도는 이것저것 귀찮아서 가만히 있다. 가만히 있다고 죄가 없는 것은 아니다.

그다음은 암묵적인 동조자들이다.

'저것들도 나쁜 새끼들이지.'

암묵적인 동조자들.

내 바로 위 선임 이익태 이병처럼 그냥 소대 분위기가 그러니 저러고 있는 것 같다. 동네북이라는 말이 있다. 그런 동네북이 하나 있으면 모든 관심이 그쪽으로 쏠리니 저러는 거다.

"우리 막내, 보급병 됐다면서?"

나송우 병장이 호기심 가득한 눈빛으로 내게 말했다

"이병 박동철! 예, 그렇습니다. 죄송합니다. 소대에 꼭 남고 싶었는데 행보관님께서 강제로 시켰습니다!"

"잘됐다. 나 침낭 좀 바꿔줘라. 나중에."

"예, 알겠습니다."

"이제부터 나는 양말 안 빨란다. 히히히!"

내가 보급병이 되었다고 하니 보급품이 철철 넘칠 줄 안다.

내가 보급병이 되었지만 호구가 된 것은 아닌데 말이다.

'지랄을 해라.'

나는 결심했다.

장칠수 상병이 화장실에서 서글피 울었다. 그리고 내가 주운 수첩에 적혀 있는 디데이의 의미가 명확해졌다.

물론 내 추측이지만 말이다.

'아니, 확실해!'

항상 당하기만 하는데 선악의 저울이 시시각각 악 쪽으로 기울고 있다. 그건 다시 말해 엄청난 짓을 계획하고 있다는 의미이다.

'분명 사격에서 열외가 없다고 했어.'

실사격이면 20발의 보통 탄이 주어진다.

신병교육대에서도 느낀 거지만 군대는 안전 불감증에 걸려 있는 것 같다. 만약 장칠수 상병이 20발의 탄을 받고 사선에 서서 총구를 돌린다면, 그리고 그 총구를 자신을 괴롭힌 나송우 병장과 계두철에게 향하고 또 흥분한 상태에서 죄 없는 다른 병사들에게 향한다면 대형 사고로 이어진다.

'총 8사로니까……'

그리고 수첩에는 사격장의 사로가 그려져 있었고, 순번도 적혀 있다. 이건 다시 말해 난사한 후에 다른 탄들을 주워서 다 끝을 내겠다는 의미다.

'스페셜 원이라는 의미는……'

나도 모르게 지그시 입술을 깨물었다.

수첩에 스페셜 원이라고 적혀 있었다. 총알이 한 발 남는다면 자신에게 쏘겠다는 의미처럼 느껴졌다. 이 일이 벌어지면 대한민국은 난리가 날 거다. 그리고 죄 없는 청년들이 사라질 것이다.

'그런데 내가 이렇게 유추력이 좋았나?'

순간 나도 모르게 엉뚱한 생각이 들었다. 그런 생각을 하면서 아무 말도 없이 총을 닦고 있는 장칠수 상병을 봤다.

'그래, 매일 저렇게 총만 열심히 닦았어.'

마치 무협 영화에 나오는, 원수를 갚기 위해 매일 칼을 가는 사람처럼 장칠수 상병은 내가 소대로 전입 온 날부터 항상 저렇게 총을 닦았다.

이것도 이상했다. 매일 총을 닦는 것은 군인의 철칙이지만 누구도 매일 총을 닦지는 않았다. 아니, 거의 일주일에 한 번 닦으면 많이 닦은 거고, 당직사관이 총기수입 3단 분리 점호를 취한다고 할 때만 대충 겉만 닦는 병사도 많았다.

그런데 장칠수 상병은 매일 총을 닦았다.

'모든 퍼즐이 맞춰지는 것 같네.'

"하여튼 저 새끼는 K2 오타쿠라니까. 총기가 애인이냐? 졸라 애무하게."

총기 손질을 하는 장칠수 상병에게 계두철 상병이 시비를 걸었다. 아니, 시비가 아니다. 이제 발동을 걸은 것이다.

"은느님 나오신다!"

원고가 조용히 하라고 말했다. TV에서는 은희가 노래를 부르며 춤을 추고 있다. 아이돌이 대세로 접어들고 있는데 은희는 솔로였다. 그리고 홀로 모든 아이돌, 아니, 여자 가수를 씹어 먹고 있었다. 뽀로로가 아이들의 대통령이라면 은희는 어느 순간 군통령이 되어 있었다.

"사인 한 장 받았으면 소원이 없겠다. 쩝!"

"졸라 맛나게……."

원고가 다시 째려보자 계두철이 씩 웃고는 장칠수를 봤다.

"사격도 졸라 못하는 새끼가 총은 졸라 열심히 닦네. 안 그러냐, 막내야?"

이제 시작이다.

"군인이 총을 닦는 것은 당연한 것 아닙니까?"

내 대답에 순간 소대 분위기가 차갑게 변했다. 그리고 은희에게 푹 빠져 있는 원고도 깜짝 놀라며 나를 봤다.

그는 '저게 미쳤네'라는 눈빛이다.

하지만 곧 별 관심 없다는 표정으로 TV에 나오는 은희를 봤다.

"뭐?"

계두철 상병이 어이가 없다는 눈빛으로 나를 봤다.

마치 자신이 잘못 들은 것이 아니냐는 표정이다. 그도 그럴 것이다. 첫날 자대 배치를 받고 나서 바로 장칠수 상병을 테이크다운을 시킨 나니까.

나도 들은 이야기지만 그렇게 한 신병은 내가 처음이란다.

"군인이 총 닦는 건 당연하지 않습니까?"

내가 다시 한 번 장칠수 상병을 두둔하자 계두철 상병이 입술을 실룩거렸고, 장칠수 상병은 더욱 놀란 표정으로 나를 봤다.

"그래서?"

"그렇다고 생각합니다."

계두철이 나를 째려보고 있다. 나도 계두철을 차분히 봤다.

이제 기 싸움이 시작된다.

"그렇지. 군인이 총을 닦아야지."

"예, 그렇습니다."

이제부터는 나를 보는 눈빛이 달라질 것 같다.

"저도 총 닦겠습니다."

나는 총기 보관함에서 총기를 꺼내 장칠수 상병 옆에 앉아서 총기를 분리했다.

"장칠수 상병님, 강중유 좀 쓰겠습니다."

순간 소대가 얼음처럼 굳었다.

"너 지금 뭐라고 했어?"

계두철이 나를 보며 버럭 소리를 질렀다.

"뭐 말입니까?"

나는 계두철 상병을 노려봤다.

"휴우……."

모든 소대원이 나와 계두철을 번갈아 보며 눈치만 보고 있었을 때 계두철이 이익태 이병을 불렀다.

"이익태!"

"이, 이병 이익태!"

잔뜩 겁을 집어먹은 이익태 이병이 떨리는 목소리로 복명복창을 했다.

"이 새끼야, 저 새끼 잘 가르쳤어?"

"예, 그렇습니다."

소대 내무반이 떠나갈 정도로 소리를 지르는 이익태 이병.

"그래? 잘 가르쳤단 말이지? 그런데 저런단 말이지?"

"시정하겠습니다!"

"시정해야지."

계두철 상병이 자신 앞에 선 이익태 이병의 뺨을 탁탁 쳤다.

"죄송합니다!"

"그만해라."

지금까지 아무 말 없이 지켜보고 있던 나송우 병장이 나섰다.

"소대 분위기 험악해지고 있다. 그만해라. 막내야!"

"이병 박동철!"

"계원 됐다고 그러는 거냐? 행보관님 따까리라서 그러냐고?"

"그런 적 없습니다!"

"행보관님이 꽃으로도 사람은 때리지 말라고 하더냐?"

그런 이야기도 들은 적 없다.

"들어본 적 없습니다."

"그래? 알았다. 두철아!"

"상병 계두철!"

"우리 심심한데 침낭 권투나 할까?"

나송우 병장이 뭔가 새로운 것을 시작할 모양이다.

"좋지 말입니다."

계두철 상병이 나를 째려보다가 나송우 병장을 보며 씩 웃었다.

'장난으로 시작해서 구타로 넘어가려고.'

딱 봐도 저것들이 뭘 하려는지 알 것 같다. 그리고 이익태 이병을 비롯한 나머지 내 이등병 선임들은 나 때문에 소대 분위기 험악해졌다고 원망하는 눈빛이다.

너야 행정병 내무반으로 가면 되는데 왜 이러냐는 눈빛이다.

'오늘이 내 디데이다!'

저 장난의 최종 목표는 나다.

'작살을 내주지.'

침낭 권투는 재미 삼아서 하는 장난이지만 어느 순간 가혹 행위로 변질되어 있었다.

잘 말아놓은 침낭에 손을 넣어 글러브처럼 착용하고 권투를 하는 건데, 원래 침낭이 푹신한 재질이라 맞아도 그렇게 아프지는 않다. 하지만 그 자체가 묵직해서 계속 맞다 보면 아프다. 보통은 고참과 쫄따구가 침낭 권투를 하는데, 처음에는 장난삼아 시작해서 나중에는 쫄따구 가혹 행위로 변한다.

그걸 지금 하려는 것이다.

시작은 나송우 병장과 계두철 상병이 할 것이다.

'그리고 나로 넘어가겠지.'

나도 이제 저것들의 동네북이 됐으니까.

하지만 이미 나는 시작했다.

그리고 장칠수 상병은 나를 걱정스러운 눈빛으로 보고 있다.

'작살을 내주마!'
나도 모르게 어금니를 꽉 깨물었다.
"덤벼~ 계두철! 히히히!"
나송우 병장이 침낭 글러브를 끼고 장난스럽게 말했다.
"허리띠 너무 끌어 올리신 거 아닙니까?"
그러고 보니 나송우 병장의 허리띠는 거의 명치 부분에 올라와 있다.
"뭐가? 권투에서 벨트 아래를 때리면 반칙인 거 알지?"
"히히히! 너무하십니다."
나 때문에 저러는 것 같다.
"송병철!"
"상병 송병철!"
저 새끼도 계두철 상병 편이다.
"네가 심판이다."
"예, 알겠습니다."
하이에나 셋이 나를 노려봤다.
결국 이번 침낭 권투는 나를 작살내기 위해 준비한 것이다.
"이거 반칙이냐?"
"아닙니다. 고참 어드밴티지입니다."
"그렇지. 좆같으면 군대 먼저 와야지?"
"그렇습니다."
"히히히! 알겠습니다, 고참~"
장난스러운 분위기를 만들고 있다. 아마 대충 침낭 권투를 하고 나를 자기들이 만들어놓은 판에 올릴 생각인 것 같다.

땅!

송병철 상병이 반합 뚜껑에 숟가락을 부딪쳐 땅 소리를 내며 시합 시작을 알렸다.

퍽퍽! 퍽퍽!

"으윽!"

내가 봐도 저건 장난이다.

1분 정도 지나자 송병철 상병이 다시 반합 뚜껑과 숟가락을 이용해서 1라운드의 끝을 알렸다.

"헉헉! 헉헉! 짬 먹고 체력이 고갈이네. 이제는 짬 차서 이런 것도 못하겠다."

나송우 병장이 침낭 글러브를 벗었다.

"야, 막내!"

"이병 박동철!"

"재미있겠지?"

"예, 그렇습니다."

"한번 해봐. 이게 스트레스 해소에는 짱이다."

결국 그들은 나를 판에 올렸다.

'작살을 내주지.'

내가 천천히 일어나자 장칠수 상병이 나를 봤다.

"괜찮겠어?"

처음으로 소대에서 말을 한 것 같다.

"괜찮습니다. 땡큐!"

"심판!"

그때 계두철이 송병철 상병을 불렀다.

"왜 그럽니까, 고참?"
"나도 고참 어드밴티지 있지?"
"당연하죠."
그 말에 계두철이 전투복에서 허리띠를 빼서 자신의 이마에 묶었다.
'지랄을 하네.'
어이가 없다. 이런 것은 군대나 가능할 것이다.
"그건 좀 심하지 않나?"
"재랑 저랑 짬 차이가 얼마나 나는데요. 제가 먹다가 버린 짬만 해도 저 새끼는 묻히고도 남습니다."
나를 새끼라고 부르고 있다. 작살을 내겠다는 것이다. 그리고 저러면 때릴 데가 없다. 하지만 끝나기 전까지는 끝난 것이 아니라는 말이 있고, 싸움에는 반칙이 없다.
'망할 새끼들!'
나는 침낭 글러브를 착용하고 섰다.
"재미있겠다. 킥킥킥!"
나송우 병장이 킥킥거렸다.
아마도 반항의 씨를 초장에 잡겠다는 것일 테다.
자신들만의 왕국 번영을 위해서라도!

땅!
"시작입니다요!"
침상은 길다. 하지만 모두 다 벽 쪽으로 움직였고, 침상은 나와 계두철이 움직일 정도로 넓어졌다.

시선이 집중되어 있다. 그저 이익태 이병과 장칠수 상병 정도가 내 편인 것 같다. 이익태 이병은 아직 물이 들지 않아서 이러는 것 같고, 장칠수 상병은 이 소대에서 유일하게 자신의 편이 되어준 나를 걱정하는 것 같다.

퍽!

놈의 침낭이 스트레이트로 내게 뻗어왔다.

'좀 하는 놈이지.'

놈도 삼류지만 조폭이다. 그러니 개싸움을 좀 해봤을 것이다.

그리고 나는 이런 침낭 권투를 처음 해본다. 거기다가 놈은 벨트를 머리에 두르고 있다. 그러니 내가 때릴 수 있는 곳은 없다.

'망할 새끼!'

퍽!

묵직한 침낭이 내 머리를 향해 뻗어 강타했다.

크게 아프지는 않았지만 묵직한 느낌이다.

"컴 온~ 개새끼야!"

내게 일격을 가하고 계두철이 본색을 드러냈다.

"대단하십니다."

회심의 일격을 가하기 전까지는 지금처럼 장난으로 받아넘겨야 한다.

퍽퍽! 퍽퍽!

연속적으로 침낭이 나를 향해 뻗어왔고, 나는 최대한 침낭을 막았다.

'좀 맞아주는 척을 해야겠지.'

이번 침낭 전투는 전초전이다. 아마도 오늘 밤에 나는 밖으로 불려나갈 것이다. 그때가 진짜다.
퍽퍽! 퍽퍽퍽!
놈이 나를 난타했다.
"귀여워해 주니까 간이 배 밖으로 나왔지, 이 망할 새끼야!"
자신에게 반기를 들었다는 것에 계두철은 분노한 것 같다.
"으윽! 윽윽!"
괜히 아픈 척을 했다. 물론 아예 아프지 않은 것은 아니었다.
"덤벼! 새끼야!"
요란스럽다.
저러니 삼류 조폭인 거다. 진짜 조폭은 적을 끝장 낼 때까지 최선을 다한다. 실수로 당하기라도 한다면 자기만 손해니까.
퍼어억! 퍼퍽!
점점 더 나는 코너에 몰리는 척을 했다.
'시작해 볼까.'
퍼어억!
이건 푸시다.
놈이 침낭으로 나를 힘껏 밀치자 나는 이끌려서 넘어졌다. 정확하게 말하면 넘어져 줬다.
놈의 기가 살아나라고.
"다운!"
보통 권투는 다운이 되면 공격하지 않는다. 송병철 상병이 다운이라고 외쳤고, 나는 천천히 일어나려고 했다.
그런데 계두철이 내게 달려들어 사커킥을 날렸다.
퍽!

물론 나는 놈의 강력한 사커킥을 침낭으로 막았다.

"반칙!"

송병철 상병이 반칙이라고 말했다가 계두철 상병이 노려보자 입을 닫았다.

"씨발! 사나이의 대결에서 반칙이 어디 있어?"

주먹 몇 번 뻗지 못하는 나를 보고 쉬운 놈이라고 생각한 것 같다.

"그런 겁니까?"

나는 매섭게 계두철을 노려봤다.

"덤벼! 개새끼야!"

"예, 갑니다."

이제부터 시작이다.

나는 계두철을 향해 나섰다. 처음에는 천천히, 그리고 계두철에게 다가섰을 때 펀치를 뻗었다.

퍽!

내 침낭을 맞은 계두철이 뒤로 밀렸다.

"으윽!"

약간 휘청거렸다. 그와 동시에 나는 힘껏 앞으로 뛰어올라 팔꿈치로 계두철을 정수리를 찍었다. 이번 공격은 영화 옹박에서 봤다. 비틀거리는 놈의 정수리를 팔꿈치로 찍는 치명적인 공격이다.

물론 마지막 순간 살짝 힘을 뺐다.

군대에서 범죄자가 될 수는 없으니까.

퍼어억!

"컥!"

팔꿈치로 정수리를 정통으로 맞은 계두철이 '컥' 소리를 내며 앞으로 고꾸라졌다.

쿵!

"뭐, 뭐야?"

"야, 야, 계두철!"

침낭 권투를 즐기고 있던 나송우가 계두철을 급하게 부르며 헉헉거리고 있는 나를 노려봤다.

"죄, 죄송합니다. 저도 모르게."

"계두철! 정신 차려!"

"으으윽!"

침상에 쓰러진 계두철은 침까지 질질 흘리며 정신을 차리지 못했다. 이런 모습을 후임들이 봤으니 계두철에 대한 두려움은 어느 정도 사라졌을 것이다. 물론 후임들에게 이런 꼴을 보여준 나를 가만두진 않을 것이다.

아마 결정적인 한 방은 오늘 밤에 이뤄질 것이다.

—점호 5분 전!

방송이 울렸다. 하지만 계두철 상병은 깨어나지 못했다.

"어떻게 합니까?"

송병철 상병이 나를 째려보다가 나송우 병장을 봤다.

"눕혀! 당직사관님께는 고열이라고 보고하고."

"예."

"막내야!"

"이병 박동철!"

"너 좀 한다?"

"죄송합니다."

"아무리 그래도 선임한테 이러면 안 되지. 장난으로 한 것을."

속에서 욱했다 장난으로 한 거라고 했지만 내가 전입을 왔을 때 장칠수 상병에게 암 바를 걸고 괴로워하는 모습을 보고는 킥킥거리던 나송우 병장이었다.

"장난이라고 하셨습니까?"

나는 두 눈을 똑바로 뜨고 나송우 병장을 보며 말했다.

"뭐?"

"그런데 왜 그러셨습니까?"

"뭐가?"

"장칠수 상병한테는 왜 그러셨습니까?"

"이 새끼가 정말!"

나송우 병장이 급하게 침상을 뛰어넘어 내게로 와서 내 멱살을 잡았다.

"그만해라. 너희들 싸우는 것은 상관없는데, 나 다음 주에 제대한다. 그냥 조용하게 제대하자. 할 거면 그때 하고."

원고가 차갑게 말하자 내 멱살을 잡은 나송우가 마지못해 내 멱살을 풀었다.

"너 이 새끼, 나중에 보자."

아마도 그 나중이 오늘 밤일 것이다.

"예."

"동, 동철아!"

장칠수 상병이 나를 불렀다.

"이병 박동철! 왜 그러십니까?"

"안, 안 그래도 돼."

"그러고 싶습니다."

"…왜?"

장칠수 상병이 나를 물끄러미 봤다. 울 것 같은 표정이다.

"미우나 고우나 장칠수 상병은 제 전우잖습니까."

"동, 동철아……."

"속에서 곪으면 터집니다. 수첩 봤습니다."

내 말에 장칠수 상병이 부르르 몸을 떨었다.

"그, 그게……."

"이제 혼자가 아니십니다. 내일은 내일의 해가 뜹니다."

물론 오늘 밤에 내가 지금도 나를 노려보고 있는 저것들을 박살을 내야 새로운 해가 뜨겠지만.

—취침 후 30분! 기상 전 30분! 절대 유동 병력은 없다. 미비 동작은 완료하고 전원 취침!

"인화단결! 취침!"

병사들의 외침이 울려 퍼졌다. 하지만 이제부터 시작이다.

"편안한 밤 되십시오. 홍 병장님 제대까지 딱 167시간 59분 59초 남으셨습니다."

이등병으로 할 것은 다해야 한다.

"허허허, 막내야."

시간으로 말해주니 홍 병장이 기분 좋은 모양이다.

"이병 박동철!"

"내 옆에서 자라."

"예?"

"그냥 내 옆에서 자라."

홍 병장의 말에 나송우 병장과 정신을 차린 계두철 상병, 송병철 상병, 그리고 여전히 나송우 병장과 계두철 상병의 눈치를 보는 두 명의 일병이 홍 병장을 째려봤다.

"자기 침상에서 자야 하는 거 아닙니까?"

뭔가 있다는 생각이 들었다.

"막내랑 같이 자고 싶어서 그런다. 뭐 해? 막내야, 안 잡아먹을 테니까 와라."

"이병 박동철! 예, 알겠습니다."

나는 바로 누더기 같은 침낭을 들고 홍 병장 옆으로 달려가 누웠다.

"잠들지 마라."

홍 병장이 침낭을 뒤집어쓰며 내게 속삭였다.

"예."

"왜 그렇게 나섰어?"

"아무도 안 나서지 않습니까?"

"계두철이랑 나송우랑 같은 조직의 조폭이란다."

역시다.

결국 두 인간이 자신들이 조폭이라고 거들먹거리면서 소대를 장악한 것이다. 그리고 희생양으로 장칠수를 찍었다. 나머지 소대원들은 자신이 저 쓰레기들의 타깃이 아닌 것만으로도 만족하고 방관해 온 것이다.

"알고 있습니다."

"눈 감으면 야삽으로 바로 찍을 거다."
"예."
결국 홍 병장은 나를 도와준 것이다.
"부끄러우십니까?"
내 속삭임에 홍 병장이 나를 봤다.
"쬐금~ 우리 은느님이 이런 나를 보면 싫어할 것 같네."
정말 홍 병장은 은희의 빠돌이가 확실했다.
"은희의 사인, 받아드립니까?"
"뭐?"
"받아드립니까?"
"혹시 은느님 아냐?"
"매니저를 압니다."
"감사합니다. 땡큐!"
역시 홍 병장은 은희 빠돌이다. 그렇게 모두가 잠든 밤이 왔다.
째깍! 째깍!
아날로그시계의 초침이 째깍거린다. 딱 30분 정도 지난 것 같고, 부스럭거리는 소리가 들렸다. 나 역시 바짝 긴장하고 있다. 놈들은 오늘 밤을 넘기지 않을 것이다. 내일 아침 내가 무사하면 자신들이 만들어놓은 공포의 장막이 깨지는 거니까. 그때 불침번인 이익태 이병이 내무실 안으로 들어오는 인기척이 느껴졌다.
"당직사관 주무십니다. 거의 곯아떨어지셨습니다."
이익태 이병이 나송우 병장에게 속삭이는 소리가 내 귀에 들렸다.
드디어 시작이다.

“두철아, 담배나 하나 피우자.”

나송우 병장이 계두철 상병에게 말하며 자리에서 일어나 내무실 밖으로 나갔다. 그리고 송병철 상병도 아무 소리 없이 밖으로 나갔다.

‘벌써 세 놈이네.’

아마도 최소한 5 대 1의 싸움이 될 것 같다.

‘쌍팔년도도 아니고, 쩝!’

중대의 위치가 900고지에 있는 독립 중대이기 때문일 거다.

툭툭! 툭툭!

그때 누군가 내 어깨를 조심히 툭툭 쳤다.

“일어나.”

눈을 뜨자 위에서 나를 내려다보며 걱정스러운 표정이 된 이익태 이병이 보인다.

“이병 박동철!”

“…조심해라.”

나를 깨운 것은 이익태 이병이었다.

“밖에서 기다리고 있습니까?”

“야외 화장실 뒤편이다.”

“으음, 여긴 쌍팔년도 군대인 것 같습니다.”

“왜 그랬냐? 그냥 저것들 제대할 때까지 조용히 살지.”

“그러게 말입니다.”

초승달이 떴다.

강원도 오지 산악의 칼바람이 내 뺨을 스쳤다. 뼈까지 서늘했다. 야외 화장실 뒤편에서 담배 불빛이 다섯 개가 보인다.

'다섯이네.'

오늘 모든 것을 끝내야 한다.

"개새끼! 완전히 조져야 해."

"예, 형님!"

계두철과 나송우의 목소리가 들린다. 그리고 어느 순간 놈들은 형님, 동생 하고 있다. 조폭 티를 내고 있는 것이다.

"저런 새끼가 깝치기 시작하면 금전 각출도 어렵다."

결국 계두철과 나송우가 이런 분위기를 만든 것은 돈 때문이었다.

'벼룩의 간을 빼 먹어라. 망할 새끼들!'

병장 월급이 약 2만 원이다. 물론 그 돈으로는 생활할 수 없기에 부모님께 돈을 송금 받는데, 그런 돈을 갈취하고 있는 것이다.

이래서 조폭은 어디에서도 모든 조직의 악이다.

"예, 알겠습니다."

"그리고 휴가증 20만 원으로 올리고 그린카드도 2만 원으로 올려."

"예."

"박 중사 새끼가 올리라네."

"알겠습니다. 그 새끼는 돈밖에 모르는 것 같습니다."

또 하나의 사실을 알았다. 박 중사가 이들의 뒤를 봐주고 있었다.

'망할 새끼네.'

결국 박 중사도 박살을 내야 한다. 하지만 박 중사는 물리적인 힘으로 해결해서는 안 된다. 그랬다가는 상관 폭행이 된다.

즉 바로 구속이 된다.

'찔러야지.'

박 중사 같은 경우는 상급 부대에 찌르는 것이 최고다. 결국 지금 야외 화장실에서 기다리고 있는 저 새끼들은 고작 피라미라는 것이다.

"씨발~ 추워 죽겠는데 왜 안 와?"

"날 찾았나?"

내가 놈들의 앞에 서자 놈들이 죽일 듯이 나를 노려봤다.

"서울 법대 다녔다면서?"

나송우 병장이 이죽거리듯 내게 물었다.

"그런데?"

"이게 이제 말을 까네. 뭐, 좋아. 군대가 원래 좆같은 곳이니까."

"그래서?"

"그러지 말고 그냥 우리 같은 편 먹자. 내가 두 달에 한 번씩 휴가 보내줄게."

"두 달에 한 번씩?"

나송우 병장은 자기가 국방부장관이라도 되는 듯 말했다.

아마 박 중사 때문에 저렇게 말할 수 있는 것 같다.

"그래. 그냥 가만히 행보관님 따까리 하면서 살면 챙겨줄게."

휴가증을 사고파는 것이 만연한 모양이다.

"제대하면 그것도 끝인데, 내가 그냥 왕 노릇 하지, 뭐."

"왕 노릇? 나 다음 주에 부사관 교육 간다고 지원서 썼다."

조폭 출신인 나송우에게 군대는 꽤나 쉬운 곳인 모양이다.

"아, 그래? 그래서?"

"계속 개기면 하사 달고 와서 좆 되게 만들 거다."

"됐고, 타협할 생각 없다."

"씨발 새끼야! 원하는 것이 뭔데?"

계두철이 매섭게 나를 째려보며 물었다.

"악을 처단하는 것."

내 대답에 순간 다섯이 멍해졌다.

"뭐? 하하! 이거 완전 코미디를 찍네! 조져! 말로는 안 되겠다!"

이 야외 화장실에서 공포 분위기를 조성해서 타협하려고 하다가 내가 거부하니 조지란다.

"분명 너희들이 시작했다. 덤벼!"

나 역시 놈들을 매섭게 노려봤다. 놈들은 손에 나무 몽둥이를 들고 내게 천천히 접근했다.

'얼굴에 상처 나면 안 되지.'

그럼 하극상이 되니까.

"이 개새끼가 군대 무서운 줄을 몰라!"

여기서 내가 죽도록 맞으면 집단 폭행이 된다.

'맞아주지.'

내가 원하는 것은 저 새끼들 앞에서 주먹 자랑하는 게 아니다. 그러려고 마음먹었으면 내무반에서 다 조졌다.

"뒤져라! 개새끼야!"

계두철이 각목으로 내 어깨를 후려쳤고, 나는 어금니를 꽉 깨물었다.

'한 대도 안 때린다."

군대는 어떤 경우에도 정당방위가 없다. 한 대를 때리면 한 대를 때린 만큼 처벌을 받는다. 그래서 민간인과 싸울 일이 있으면 무조건 맞으라고 가르치고, 양아치들은 군인들을 호구로 본다.

퍼억! 바자작!

나를 죽이려는 듯이 맹렬한 기세로 휘둘러진 각목이 부러졌다.

"으악!"

나는 거칠게 비명을 질렀다. 이 정도로 맞았으면 어깨에 멍이 들었을 것이다.

"좆도 아닌 새끼가!"

퍽!

"으악!"

계두철의 주먹이 내 면상으로 뻗었고, 얼굴로 들어오는 주먹을 손으로 쳐냈다. 이 싸움은 맞아주는 싸움이다.

그러니 급소만 피할 참이다.

퍽!

이번은 뺨이었다.

'맞아줘야겠지.'

무식한 놈들이다. 상처가 나는 곳도 상관없이 공격하고 있다.

물론 내가 원하는 거지만.

퍽퍽퍽!

"으악!"

"뭐야? 이 새끼, 좆도 아니잖아!"

5분 정도 죽을 듯이 맞은 것 같다.

멍이 많이 생기는 부분을 엄청 맞았다. 크게 아프지는 않지만 이 상처는 저것들을 끝장 내줄 것이다.

"으으윽!"

"뭐야? 완전 병신 새끼네! 괜히 쫄았네."

"저런 것한테 맞아서 기절한 넌 뭐냐?"

나송우 병장이 어이가 없다는 듯 계두철 상병을 봤다. 나는 지금 쓰러져서 만신창이가 되어 있는 듯 보일 것이다. 그렇게 연극을 했고, 급소는 다 피했다. 멍이 많이 드는 곳만 맞았다.

'내일 보자.'

이게 가장 똑똑한 방법일 것이다.

여기는 군대고 나는 군인이니까.

"시발 새끼! 똥 폼을 잡더니!"

퍼억!

놈이 발로 내 복부를 힘껏 걷어찼고, 나는 쓰러진 상태에서 손으로 놈의 사커킥을 막았다.

그래서 소리만 컸다.

"으악!"

비명도 오버에 가깝게 질렀다.

"한 번만 더 개기면 뒤진다. 너도 이제 투명인간 될 줄 알아!"

계두철이 나를 찍었다는 투로 말했다.

'날만 밝아라, 개새끼들아!"

똥은 더러워서 피하는 거다. 하지만 그 똥을 치우려면 손으로 만져야 한다.

게다가 내가 만약 저것들을 조지면 또다시 내가 군림하는 꼴이 될 것이다. 선임들도 내 눈치를 볼 것이고, 그럼 군대 분위기가 이상해진다. 그리고 놈들은 주눅만 들어서 내가 안 보는 곳에서 또 다른 지랄을 할 것이다.

그러니 똥은 치워야 한다. 군법을 이용하는 것이다. 저것들은 이제 저것들 표현으로 좆 될 것이다. 야간에, 그것도 집단으로 무기까지 들고 후임 하나를 폭행했으니 집단 폭행이다.

그럼 바로 구속이다.

'죗값은 제대로 받을 거다.'

툭툭!

나송우 병장이 쓰러져 있는 나를 발로 툭툭 찼다.

"시발 새끼야, 일어나!"

나는 겨우 비틀거리며 일어났다.

짝짝! 짝짝!

"깝치지 마라. 알았어?"

"…예."

"예?"

퍼억!

놈이 겨우 일어나 서 있는 척하고 있는 내 명치를 주먹으로 쳤다. 이럴 때는 복부에 힘을 꽉 주면 된다. 원래 주먹질 잘하는 놈은 맞는 것도 잘한다.

"으악!"

"쥐 죽은 듯 살아."

"아, 알겠습니다."

"관등성명 말 안 하지?"

"이, 이병 박동철! 예, 알겠습니다!"

"가자!"

그렇게 놈들은 나를 자기들 생각으로 시원하게 조졌다고 생각하고는 나를 버려두고 내무실로 들어갔다.

"시발, 맞아주는 것도 힘드네."

활동복 주머니에서 담배를 꺼내 입에 물었다.

딸깍!

담배에 불을 붙이고 길게 빨았다.

"휴우~ 닭의 모가지를 비틀어도 새벽은 오고, 해가 뜨면 법무관이 뜬다 개새끼들아!"

*　　*　　*

중대 막사 앞.

흡연 공간 앞에 공중전화가 있다. 이제는 전화만 하면 된다.

따르릉~ 따르릉~

—업무 시간이 아닙니다. 구타 및 가혹 행위를 당했다면 삐 소리가 난 후 메시지를 남겨주세요. 참고로 이 전화는 완벽하게 보안이 이루어집니다.

투박한 기계음이 들렸다.

'개소리 하네.'

저딴 소리 안 믿는다.

그래도 전화를 걸었다.

"수라봉 중대 집단 폭행을 당했음. 관련자, 병장 나송우, 상병 계두철, 상병 송병철 등 2명 더 있음.

나는 짧게 말하고 전화를 끊었다. 그리고 이제부터 진짜로 움직일 것이다.

따르릉~ 따르릉~

아마 지금쯤 무성 형도 법무관으로 입대했을 것이다.

"밤 11시 30분인데 전화를 받으려나? 쩝!"

딸칵!

—여보세요.

"형!"

다행이다. 무성 형이 전화를 받았다.

—동철아, 이 시간에 무슨 일 있어?

형은 이 시간에, 그것도 딱 8주 만에 전화하니 무슨 일이 있다고 직감했다.

"형, 지금 법무관이지?"

—그래, 법무관이다. 왜?

"어디 부대야?"

—대구에 있다.

역시 멀다.

"혹시 XX사단 법무관 알아?"

사실 군 법무관들은 거의 대부분 우리 학교 선배들이다.

—거기는 으음… 우리 선배인데 왜?

"내일 나 좀 보러 오라고 해."

—무슨 일인데?

"꼭 오라고 해."

—또 무슨 일을 저질렀는데? 너, 또 사고 쳤나? 사고 치고 형들한테 수습해 달라고 하면 해줄 것 같냐?

무성 형은 내가 사고를 친 줄 아나 보다.

"사고는 날 때린 개새끼들이 쳤지."

그렇게 나는 형에게 자초지종을 설명해 줬다.

—뭐? 그래서 맞았다고? 야, 이 꼴통아!

"부탁해."

—알았다. 이야기는 해볼게.

"억지로 맞은 값 안 아깝게 해줘."

—알았다고. 나랑 친하니까 가줄 거야.

명분이 명확할 때는 친분도 도움이 된다.

—하여튼 꼴통, 조용할 날이 없네.

"끊어."

항상 법보다 주먹이라고 생각했다.

하지만 이제부터는 법부터 이용해 볼 참이다.

법으로 안 된다면 그때는 주먹이다.

"내일 보자."

* * *

"막내, 감기 몸살이니까 침낭 덮어서 재워!"

내가 멋지게 야외 화장실로 나갔다가 개 박살이 나서 돌아오니 나송우와 계두철은 기고만장해졌고, 소대 분위기는 더욱 어두워졌다.

“야, 장칠수!”

계두철 상병이 장칠수를 불렀다.

“……”

“이제 어쩌냐? 네 편 들어줄 새끼가 없어서.”

“나쁜 새끼!”

처음으로 장칠수 상병이 계두철 상병에게 소리쳤다. 이 순간 내무반에는 아무도 없었다. 누워 있는 나와 장칠수뿐이다.

“뭐야? 이 새끼가!”

계두철이 달려가 장칠수 상병의 멱살을 잡고 복부를 가격했다.

퍼어억!

“으악!”

힘없는 장칠수 상병이 비명을 질렀다.

“너는 쓰레기야!”

장칠수 상병도 이제는 참고만 있지 않겠다는 듯 맞으면서도 소리쳤다

‘쩝! 그냥 누워 있으면 끝나는데.’

이제는 그냥 누워 있을 수도 없다.

척!

나는 누워 있다가 일어나서 계두철의 팔목을 움켜잡았다.

“그만해라.”

내 말에 계두철이 나를 노려봤다.

“너, 오늘 밤에도 또 맞고 싶지?”

“니네, 이제 다 끝났거든. 그만해라.”

“뭐?”

계두철 상병이 나를 노려봤다.

"뭐가 다 끝났는데?"

부르르웅~ 부르릉~ 끼이익!

그때 군용 지프차가 급하게 달려와 멈춰 서는 소리가 들렸다.

'인맥이 이래서 좋네.'

무성 형이 아침부터 전화를 걸어준 것 같다.

"저 지프차가 뭘까?"

빙글거리며 웃는 내 말에 계두철 상병의 눈동자가 파르르 떨렸다.

"뭐, 뭐라고?"

"똥이 더러워서 내가 치우려고."

"무, 무슨 소리를 하는 거야!"

—박동철 이병! 행정반으로! 박동철 이병! 행정반으로!

방송이 울린다.

방송 목소리가 다급한 것을 보니 이미 시작된 것 같다.

그 순간 계두철 상병이 온몸을 부르르 떨었다.

"너, 너, 무슨 짓을 한 거야!"

"뭐긴 뭐야, 똥을 치웠지."

저벅저벅! 저벅저벅!

그때 복도에 묵직한 발자국 소리가 울렸다.

저런 똥 폼을 잡는 발자국 소리를 낼 수 있는 존재는 헌병대 병사들밖에 없다.

더 정확하게 말하면 체포조다.

아마 무성 형이 심각하다고 말한 모양이다. 그리고 학교 선배이신 법무관이 헌병대에 연락했을 것이다.

이래서 학연이 좋은 거다.

철컥!

발소리가 내무반 문 앞에서 멈추더니 문이 열렸고, 헌병대 헬멧을 쓴 헌병들이 매섭게 계두철 상병을 노려봤다.

"계두철 상병?"

"상, 상병 계두철!"

"체포해!"

헌병대 부사관이 짧게 말하자 두 명의 헌병대 병사가 바로 계두철 상병에게 다가가 수갑을 채웠다.

"박동철 이병?"

"이병 박동철!"

나는 우렁차게 대답했다.

"탈의해!"

헌병대 부사관이 내게 옷을 벗으라고 지시했다.

"이병 박동철, 상의 탈의하겠습니다."

나는 바로 돌아서서 옷을 벗으며 슬쩍 장칠수 상병을 보고 윙크했다. 장칠수 상병은 영문을 몰라 멍해 있다.

그렇게 나는 옷을 다 벗었다. 온몸에 잔뜩 멍이 들어 있다.

"사진 찍어!"

찰칵! 찰칵!

증거물로 쓰려는 것이다.

"옷 입고 행정반으로 와. 진술서 써야 하니까."

군대에서는 때린 놈도, 맞은 사람도 모두 진술서를 쓴다.

그리고 이제부터는 사소한 것이라도 모두 드러날 것이다.

"망할 새끼… 이거 완전 쓰레기네."

젊은 헌병대 부사관이 수갑을 찬 계두철 상병을 보고 인상을 찡그리며 중얼거렸다. 대놓고 말하지 않는 것은 사회에서도 그렇지만 군대에서도 범죄자에게 인권이 있다는 좆같은 원칙 때문일 것이다.

하지만 군대는 좀 다르다.

그리고 내가 알기로 사단장님이 취임한 지 일주일밖에 안 됐다. 결국 놈들은 뭐가 된 것이다. 사단장님 취임 1호 강력 사건일 테니까.

하지만 사단장님은 내게 고마워해야 할 것이다. 만약 장칠수 상병의 디데이가 실행되었다면 취임한 지 한 달 만에 옷을 벗어야 했을 테니까.

행정반에 간 나는 책상에 앉아 진술서를 쓰게 되었다.

"수사관님!"

"왜?"

수사관 옆에는 중대장과 대대장까지 와서 심각한 얼굴로 나를 보고 있고, 대대장은 어떻게 병력을 관리했으면 이런 일이 일어났느냐고 중대장을 노려보고 있다.

"진술서 몇 장만 더 주십시오."

"쓸 것이 그렇게 많아?"

"예."

똑똑! 똑똑!

그때 장칠수 상병이 행정반으로 노크를 하고 들어왔다.

그의 뒤에는 이익태 이병도 있다.

"상병 장칠수, 행정반에 용무 있어서 왔습니다."

"뭐야?"

중대장이 화가 나는지 버럭 소리를 지르자 대대장이 그런 중대장을 째려봤다.

"소리 낮춰! 뭘 잘했다고 언성을 높여!"

"…죄송합니다."

중대장은 좆 됐다는 표정을 지었고, 행보관은 인상을 찡그리고 있었다. 그래도 이렇게 큰 인명 피해 없는 것이 다행이라는 표정이다. 그러면서도 마치 이번 참에 제대를 해야겠다고 생각하는 것 같다.

"무슨 일이지?"

"저도 피해자입니다."

장칠수 상병이 말했다.

"저도 피해자입니다!"

이익태 이병도 말했다.

"피해자?"

"예, 나송우 병장이 자신한테 휴가증을 사지 않으면 죽여 버리겠다고 협박했습니다."

이익태 이병의 말에 군 검찰수사관이 대대장을 봤다.

"대대장님!"

"으음……."

"이거 사태가 심각한 것 같습니다."

"…알았네. 뼈를 깎는 마음으로 철저하게 조사를 받겠네."

이미 대대장은 돌이킬 수 없다고 생각한 것 같았다.

그리고 나는 진술서에 하나도 빠뜨리지 않고 다 적었다.

또한 놈들의 배후인 박 중사에 대해서도 적었다.

"박명호 중사!"

내 진술서를 군 검찰수사관이 법무관에게 내밀었다.

"저는 휴가라 면회를 온 것입니다. 까마귀 날자 배가 떨어졌네요. 학교 후배라……."

법무관이 살짝 뒤로 물러났다. 자신이 나선다면 학연 때문에 일을 크게 만든다는 오해를 살 거라는 생각을 한 모양이다.

이래서 서울대 졸업생들은 똑똑한 거다.

"중사 박명호!"

"당신도 진술서를 써야겠네."

"예?"

"현 상사!"

"예!"

한참 후에 온 헌병대수사관이 대답했다.

"이 정도면 긴급구속 되겠지?"

군 검찰수사관이 내민 진술서를 보고 헌병대 현 상사라는 군인이 인상을 찡그렸다.

"하, 너랑 같은 부사관이라는 것이 쪽팔린다, 쪽팔려! 체포해!"

부사관이 봐도 너무 파렴치한 범죄를 저지른 박명호 중사인 것이다. 그렇게 중대의 악의 축인 나송우 병장과 계두철 상병, 그리고 송병철 상병까지 긴급구속됐고, 나머지 단순 가담자라고 할 수 있는 일병 둘도 헌병대로 넘어갔다.

그리고 그들의 배후인 박명호 중사도 긴급구속됐다.

또한 지휘 책임이 있는 소대장과 중대장도 보직 해임 이야기가 나왔다가 사단장님의 특명으로 감봉 3개월의 징계를 받았다. 모두 푸른 견장을 차고 있기에 지휘 책임이 있다는 것이고, 놀랍게도 행정보급관은 경고만 받았다.

말 그대로 지휘 책임이 없다는 것이다.

그렇게 몇 대 쥐어 터지고 내 손으로 중대에 있는 고약한 똥을 치웠다. 그리고 나는 지휘 계통 보고 위반으로 휴가 제한 5일이라는 징계를 받았다.

결론만 말한다면 놈들은 벌써 2년째 남한산성에서 콩밥을 먹고 있다. 그리고 그동안 장칠수 상병은 무사하게 제대를 했고, 나는 말년 놀이에 푹 빠져 있다.

*　　　*　　　*

"야! 개말년 어디 있어? 이거 또 짱박혔네."

행보관이 박동철을 찾으며 소리를 질렀다.

"행보관님!"

박동철의 부사수가 행정보급관을 불렀다.

"왜?"

"다음 주 제대입니다. 정확하게 3일 남았습니다. 제 사수!"

"그래서?"

"저를 믿으십시오. 이제는 다 배웠습니다."

"확실해?"
"국방 물자부터 중대 재산 파악 보급 청구까지 다 배웠습니다. 사실 2달 전부터 저 혼자 했습니다."
"정말이지?"
"예."
"그래도 불러!"
"…예."

—박동철 병장, 행정반으로! 박동철 병장, 행정반으로. 행보관님이 찾으십니다. 바로 안 오시면 말차 늦어지신답니다.

"에이~ 마지막까지 부려먹으려고 하시네."
나는 침대 밑에서 기어 나오며 인상을 찡그렸다.
하지만 계속 짱박혀 있을 수는 없었다. 내 마지막 말차 휴가 중에 10일은 행정보급관이 고생했다고 준 포상휴가가 붙어 있다. 그리고 지금 안 가면 그게 잘린다.
"이거 이러다가 월요일에 말차 출발 못하는 거 아닌지 몰라."
군 생활 꼬이는 놈은 항상 꼬인다.
다음 주 월요일이 전군 재물 조사다.
보급병에게는 한미합동훈련보다 더 강도가 높은 조사다.

제2장
박동철, 드디어 검사 되다

제대 당일이 됐다. 나는 내 동기들보다 20일을 늦게 재대하게 되었는데, 보급병으로 임무를 수행하면서 세 번의 징계위원회에 회부되었기 때문이다.

물론 첫 번째는 다 알다시피 스스로 똥을 치우는 일에 손을 대면서 지휘 체계 보고 위반으로 휴가 제한 5일을 받았다. 물론 그것으로는 군 생활이 늘지 않는다. 말 그대로 휴가가 제한이 되는 거니까.

'…파란만장했지.'

영창을 두 번 다녀왔다.

첫 번째 영창은 국방 물자 임의 삭제로 영창 처분 5일을 받았다. 중대 재산 정리가 수기에서 행정으로 바뀌면서 재산 정리를 해야 했고, 나는 이때다 생각하고 부족한 부분을 수기로 입력했다. 하지만 기존 사수가 입력해 놓은 것 중에서 상당 부분 플러스가 된 것을 임의적으로 삭제했고, 물자관리사라는 군무원한테 딱 걸렸다. 그래서 영창 처분을 받았다.

그때 행정보급관님은 내게 미안하다, 그리고 고맙다며 최대한 영창 일수를 감경할 수 있게 동분서주했다. 한마디로 내 엔터 한 방에 과하게 잡힌 중대 재산 5,000만 원이 삭제된 것이다.

'나이스!'

그때는 그렇게 생각했다. 하지만 영창을 가겠구나는 생각도 했다. 아마 이등병이 아니었다면 만창을 갔을 것이다.

아무것도 모른다는 눈동자로 질질 짰다. 눈물의 연기로 5일 영창에서 놀고먹었다. 그리고 그 시간은 내 머릿속에 있는 것을 정리하는 시간이 됐다.

'영창이 더 편하네.'

그때 나는 그런 생각을 했다. 그리고 또 한 번 영창을 가게 된 것은 내 잘못이 아니라 후임병이 아버지 드린다고 가지고 간 군용 담배 때문이었다. 휴가 전까지 몇 보루를 모아 아버지에게 가져다 드렸는데, 그것을 또 후임의 아버지가 지인과 나눠 피웠고 어떻게 하다 보니 걸렸다. 그래서 보급품 관리 소홀로 영창을 갔고, 행정보급관님도 경고 조치를 받았다.

그때 경고장을 받은 행정보급관님은 그냥 허허허 웃으셨다. 그 사고를 친 후임병이 워낙 효자라 욕도 안 하셨다. 그리고 나랑 행정보급관님만 총대를 멨다. 물론 짜식도 만창으로 영창을 갔고, 그래서 나는 다른 동기들보다 20일이나 군 생활을 더 했다.

그리고 오늘 제대한다.

"잘 가라, 박동철! 이제 잘 가십시오, 영감님, 이래야 하나?"

대대 정문까지 배웅을 나온 행정보급관님과 행정 계원 후임들이 나를 보고 있고, 행정보급관이 농담을 했다.

사실 나는 군 생활 중 2차 휴가를 나가서 당당하게 사법고시 2차 시험에 합격했고, 3차 면접에 맞춰서 청원 휴가를 신청해서 당당하게 합격했다. 그러니 행정보급관님이 나를 영감님이라고 부르는 것도 아예 틀린 말도 아니다.

검사들을 높여 영감님이라고 부르니까.

하여튼 나는 그렇게 사법고시를 패스했고, 사법고시 합격자 중에서 최연소 합격자가 됐다.

'졸업 후에 연수원 입교하면 된다.'

이제 졸업만 하면 된다. 그리고 죽어라 공부해서 연수원에서 중상 이상의 성적만 유지하면 검사가 될 수 있다.

어떤 영화에서 행복은 성적순이 아니라고 말했다. 하지만 판검사는 성적순이다. 최상위 성적을 받은 사람은 서울에서 판사로 근무하고, 각각 성적에 따라 배치된다.

성적이 나쁘면 변호사가 된다. 이건 전관예우 때문일 것이다. 몇 년, 아니, 좀 젊을 때 판검사로 활동하다가 변호사 개업을 하면 전관예우로 더 많은 돈을 벌고 더 큰 로펌에 취직할 수 있으니까.

"고생하셨습니다, 행정보급관님!"

"고생은 네가 했지."

행정보급관님은 살짝 걱정하는 눈빛을 보였다.

"왜 그렇게 표정이 어두우십니까?"

"너 없으면 우리 중대, 아니, 대대 보급 서무는 누가 책임지냐?"

행정보급관의 말에 내 부사수가 인상을 찡그렸다.
"재, 있잖습니까?"
"너 반의반도 안 될 거다."
"아, 행보관님! 저도 스카이입니다."
내 부사수가 버럭 소리를 질렀다.
"누가 뭐래? 학벌이 중요하냐? 능력이 중요하지."
"너무 편애하십니다."
"너도 박동철이 같은 부하를 둬봐라. 편애를 안 하려고 해도 안 할 수가 없다. 너는 나를 위해서, 중대를 위해서 영창에 갈 수 있나?"
행정보급관의 물음에 내 부사수가 살짝 머뭇거렸다.
"…갑니다."
"됐다."
원래 이럴 때는 거짓말이라도 즉각적인 반응이 나와야 하는데, 아직 군 생활이 멀었다.
"이제 가라!"
"예, 행정보급관님! 충성!"
나는 마지막 경례를 하고 멋지게 돌아섰다.
'이제 검사다.'
끼이이익!
그때 근사한 자동차 한 대가 내 앞에 멈췄다.
그리고 차 창문이 열렸다.
"박동철 씨입니까?"
"그런데요?"

"저, 기억 안 나십니까?"

"누군데요? 잠깐, 충성! 홍 병장님!"

"그래, 아니, 그래, 아직은 군인이지."

홍 병장이다. 이름은 홍상식으로 은희의 빠돌이면서 마지막에 내 편이 되어준 그 고참이다.

"그런데 여기는 어떻게 오셨습니까?"

"으음, 에이, 모르겠다. 앞으로 계속 존칭을 써야 하니까 존댓말 하겠습니다. 저는 은희 매니저로 왔습니다."

맞다. 하도 은희, 은희 해서 은희에게 사인 한 장 보내주라고 전화를 했다. 더 정확하게 말하면 은희의 매니저에게 전화를 한 거지만. 그런데 그게 인연이 되어 은희 매니저가 됐다. 더 정확하게 말하면 은희의 로드매니저다. 나는 2년 동안 겨우 사법고시에 합격했는데, 은희는 아시아의 별이 되어 있었다. 2년 동안 한국을 씹어 드시고, 일본을 평정하시고, 중국으로 투어를 갈 때면 중국 공연 기획사에서 전용기를 보내준단다.

하여튼 엄청나게 떴다. 그리고 이제는 미국과 유럽 진출을 준비 중이란다.

"그렇습니까, 홍 병장님!"

"홍상식입니다."

"저한테는 그냥 홍 병장님이십니다."

예전의 고참을 높여준다고 돈이 드는 것은 아니다. 그냥 상황이 변했다고 말을 놓으면 싸가지 없는 놈이 될 뿐이고.

"하하하! 고맙네!"

"그런데 왜요?"

"타!"

"예."

나는 차에 탔다.

"은느님께서 찾으시네. 말하지. 그때 말했으면……."

"안 믿으셨겠죠."

"하하하! 그렇지. 원래 군대는 뻥이 50퍼센트가 넘잖아."

은희가 나를 위해 차를 보낸 거다. 하지만 나도 뉴스를 보기 때문에 은희가 한국에 없다는 것을 알고 있다.

"은느님 보고 싶지?"

"아직도 은느님입니까? 홍 병장님은!"

"영원히!"

아마도 은희의 영원한 빠돌이가 될 것 같다.

"우리 은느님은 유럽 투어 중이시다. 그래서 차만 보냈다."

끼이익!

그때 또 한 대의 차가 막 출발하려는 차를 막아섰다.

빵빵!

"저런 싸가지를 봤나. 벤츠 앞을 막네."

홍상식은 씩씩거렸다.

"저 차도 고급 차인데요?"

벤츠 앞을 막아선 차를 보고 인상을 찡그렸다.

제너시스 8000이다. 그리고 나도 모르게 인상이 찡그려졌고, 이 순간 떠오르는 단어는 딱 하나다.

'…여난!'

척!

제너시스 8000의 뒷자리에서 꿈에 볼까 무서운 정소연의 모습이 보였다. 한결 세련된 모습이다. 아마 지금쯤이면 졸업을 했을 것이다. 나보다 1년 선배니까.

"와~ 엄청 미인이다."

홍상식의 입이 쩍 벌어졌다.

'홍 병장은 은희 심복이겠지.'

지금 이 사실을 유럽 투어 중인 은희가 안다면 바로 모든 투어를 펑크 내고 달려올 것이 분명했다.

"혹시 아는 사람입니까?"

홍상식은 내게 반말을 했다가 존댓말을 했다가 오락가락했다.

"알기는 아는데… 쩝!"

"알아?"

"알죠. 은희 친구입니다."

"저런 친구가 있었어?"

"예, 아주 끈끈한 친구죠."

똑똑!

정소연이 차 문을 두드렸다.

'정말 질기네. 서울에서 여기까지 세 시간 걸리는데……'

정말 여난일 것 같다.

"문 열까?"

"…그냥 가죠."

"앞을 막고 있어서 못 갑니다."

"홍 병장님!"

확 짜증이 났다.

"왜?"

"둘 중 하나만 하십시오. 반말을 하든 존댓말을 하든!"

"예, 알겠습니다."

스르르륵!

"왜 앞을 막습니까?"

"친구 얼굴 보려고 왔는데 그냥 도망가느냐고 물어보세요."

정소연은 도도한 말투로 홍상식에게 말했다.

"친구 보려고 왔다는데요?"

"골키퍼 있다고 하세요."

홍상식이 고개를 돌려서 정소연을 봤다.

"골키퍼 있다는데요?"

"골키퍼 골문 비우고 유럽에 간 거 안다고 하세요."

"저건 또 뭐냐?"

그때 급하게 비포장도로 저 멀리에서 자동차 한 대가 달려왔다. 저렇게 성질 급하게 달려오는 것은 둘 중 하나일 것이다.

'명득인가?'

그러고 보니 명득의 모습이 보이지 않았다.

'오늘은 평일이지?'

조명득은 경찰대학에 합격했다. 그리고 검찰수사관 시험에도 합격했고, 전화로 내게 경찰대 때려치워도 되느냐고 물어서 때려치우면 안 된다고 해서 억지로 다니고 있다.

놈도 2년 후 졸업하면 경위다. 물론 그 좋은 머리로 어떤 수를 써서라도 검찰수사관이 되겠지만 말이다.

비포장도로에서 흩날리는 먼지가 불길해 보인다.

"은희… 은희 정말 유럽에 있는 거 맞죠?"

"그렇습니다."

따르릉~ 따르릉~

그때 요란하게 로드매니저인 홍상식의 핸드폰이 울렸다.

"…대표님이시네."

홍상식은 핸드폰 발신 번호를 보고 왜 전화를 했는지 모르겠다는 눈빛이 됐다. 하지만 나는 그 전화의 의미가 어떤 것인지 느낌이 왔다. 그리고 저기 달려오는 자동차가 누구의 자동차인지도 알 것 같았다.

"예, 대표님!"

"거기 은희 왔어?"

"예? 은느님… 아니, 은희 씨는 지금 프랑스에 있지 않습니까?"

"증발했다. 걔는 왜 자꾸 2년마다 사고를 치냐? 미치겠다. 혹시 은희가 그쪽에 갔으면 은희 애인이랑 같이 잡아와! 공연 환불로 손해만 20억이야, 20억!"

기획사 대표의 분노한 목소리가 핸드폰을 넘어 내 귀에도 들렸다.

끼이이익!

달려온 차는 내 앞에서 급하게 섰다.

마치 자동차 게임에서 드리프트를 하듯 요란하게 돌면서 섰다. 그리고 내 예상대로 당당하게 은희가 차에서 내렸고, 마치 이 순간을 예상했다는 듯 정소연에게 다가왔다.

"은희야!"

정소연도 은희의 등장에 놀란 것 같다.

"소연아~"

서로의 목소리는 부드럽다. 하지만 두 사람의 표정과 분위기를 보자 소리장도라는 단어가 떠올랐다. 서로 웃고는 있었지만 분위기는 흉흉했다.

"여기는 무슨 일이야?"

은희가 정소연에게 먼저 물었다.

"너, 프랑스 갔다고 해서 내가 대신 제대 마중 나왔지."

"아~ 그래서 내가 20억 손해배상 청구까지 감수하고 여기로 날아왔지."

"은희 씨!"

홍상식이 급하게 차에서 내려 은희를 봤다.

"대표님 전화 왔죠?"

"금방이라도 쇼크로 쓰러지실 것 같았습니다."

홍상식의 말에 은희가 살짝 인상을 찡그렸다.

당연하다. 프랑스 공연을 펑크 내고 왔으니까. 지방 공연도 아닌 외국 공연을 펑크 낸 여가수는 은희가 처음일 것이다.

따르릉~ 따르릉~

다시 홍상식의 핸드폰이 요란하게 울렸다.

"대표님이신데요?"

"줘요."

홍상식이 조심스럽게 은희에게 핸드폰을 건넸다.

—은희야!

기획사 대표의 목소리가 엄청나게 크다.

"종신 계약서 쓸게요."

은희의 한마디에 넋이 나간 듯 몇 초간 아무 말도 없었다.

"수습해 주세요."

―…휴, 알았다. 네가 이러는 거 하루 이틀도 아니고 2년 주기지. 애인은 제대했어?

목소리가 확 변했다.

"오늘 제대했는데 내일 관 짜야겠어요."

―뭐?

"모레 봬요."

뚝!

은희는 바로 전화를 끊었고, 나는 내 잘못도 아닌데 다시 저 부대 안으로 들어가고 싶다는 생각이 자꾸 들었다.

'…그냥 말뚝을 박아?'

하여튼 여난이다. 한국 최고의 스타 연예인과 재계 서열 2위의 회장님의 손녀가 나를 두고 이러니 나만 또 새우 꼴이다.

하여튼 나는 제대했다.

*　　*　　*

호텔 커피숍.

세월이 빠르게 흘렀다.

그사이 3년이 흘렀고, 연수원에 입교해서 쉴 틈 없이 놀았다. 남들은 다 공부를 하는데 말이다.

그래도 성적은 최상위, 정확하게 말하면 1등이다.

모든 사람에게는 벽이라는 것이 있다. 내게 벽은 지식을 지혜로 만드는 것이었고, 그것을 군대 2년 동안 해결했고, 서울대 수업도 연수원 생활도 어렵지 않게 했다. 그리고 재수 없겠지만 이제 '공부가 제일 쉬웠어요', 이러고 다닌다.

"선배!"

"연수원에서 노나 여기서 내 체면 한 번 세워주나 시간 가는 것은 마찬가지잖아."

사법고시에 합격해서 이미 검사가 된 서울 법대 직속 선배가 하도 사정을 해서 나왔다. 사실 그 선배는 연수원생에게 접근하는 마담뚜의 소개를 받고 결혼을 했다. 그런데 지금은 와이프의 사촌동생을 내게 어떻게든 붙이려고 하고 있다.

"저기 온다. 대충 밥 한번 먹고. 알았지?"

"처가살이 힘드시나 보네요?"

"…돈 좋더라. 돈은 좋은데, 눈치를 엄청 주네. 졸부는 그래서 졸부다."

선배가 살짝 인상을 찡그렸다.

"밥만 먹겠습니다."

"알았다. 고맙다."

"여기야, 처제!"

"호호호! 형부!"

딱 봐도 졸부 딸내미다.

비싼 명품을 온몸에 치렁치렁 두르고도 저렇게 싼 티가 날 수 있다는 것이 놀랍기만 하다. 그리고 은희와 정소연이 떠올랐다.

'면 티 하나만 걸쳐도 둘은 명품인데. 쩝!'

하여튼 이제 한 달만 있으면 검사가 된다. 그것도 사법연수원 수석 졸업생이 당당하게 자진해서 검사가 된다.

따르릉~ 따르릉~

"명득이네."

딸칵!

"왜?"

—은희 자동차가 지금 막 호텔 정문 통과했다. 호텔 커피숍까지는 5분 걸릴 것 같다.

"네, 네가 그걸 어떻게 아는데?"

숨이 턱하고 막힌다.

—위치추적장치 달아놨지. 히히히! 고맙지?

"정말이지?"

—빨리 튀라! 갸 성격이믄 서울 도심에서 150킬로는 밟을 끼다.

"고맙다. 너는 내 친구다."

뚝!

나는 전화를 끊고 바로 자리에서 일어났다.

"왜?"

"죄송합니다. 급한 일이 생겼습니다."

"무슨 급한 일?"

"마누라가 온답니다."

내 말에 선배는 멍해졌고, 여자는 어이가 없다는 표정으로 나를 봤다.

"뭐라고요?"

"다음에 기회가 되면……."

쫘아악!

물세례를 한 번 맞았다. 이 정도면 된 것 같다.

"할 것 다 하셨으면 저는 이만 일어나겠습니다."

다다닥! 다다닥!

나는 바로 카운터로 뛰었다.

"여기 후문 있어요?"

"뒤쪽인데요."

"고맙습니다!"

나는 바로 후문으로 뛰었고, 그와 동시에 은희가 검은 모자와 마스크를 푹 쓰고 호텔 커피숍 문을 박차고 들어섰다. 그리고 나를 찾기 위해 주위를 살폈다. 간발의 차이로 위기를 모면했다.

'…혼인신고를 하던지 해야겠어.'

따르릉~ 따르릉~

은희의 전화일 것 같다고 생각하고 핸드폰을 봤는데 기획사 대표님이시다.

—동철 군!

"예, 대표님!"

—은희가 갔네.

"다행히 피했습니다."

—한국이나 그렇지, 미국은 결혼한 것은 흠도 아니네. 제발 결혼 좀 해주게. 부탁이네.

제대한 지 딱 4년 만에 은희는 이제 빌보드 차트를 씹어 드시고 있었다.

한국이 낳은 세계적인 스타!

최은희!

공연 펑크의 여신!

번 돈을 공연 펑크 내는 걸로 다 물어주는 여자!

그게 내 애인 최은희다.

그런 해프닝이 있은 후 한 달이 지났고, 나는 끝내 검사로 임용됐다. 서울 지검 1차장실 형사8과의 평검사로 배정 받았다.

끝내 꼴통 박동철이 검사가 됐다.

* * *

"이제 검사님이시네! 영감니이이이임~"

오늘은 검사로 첫 출근인데 경위가 된 조명득이 놀리고 있다. 회귀한 후로 처음 양복을 입어서 그런지 어색해서 자꾸 신경이 쓰이는데 말이다.

'능글맞은 놈!'

영가아암니이님~

이러고 부르는데 속이 울렁거린다. 왜 검사를 영감님이라고 부르는지 모르겠다. 아마 조선시대의 당하관을 영감이라고 부르는 것에 연관이 있을 것 같다. 아니면 말고.

"놀리지 마라. 오늘 첫 출근이다."

"신기하지 않나?"

"뭐가?"

"니가 원하는 검사가 된 거."

"원했으니까."

나도 모르게 미소를 머금었다.

19살에 회귀하고 딱 7년 만에 검사가 됐다. 27살에 청년 검사가 된 나다. 그리고 이 사실은 어느 순간 전설이 되고 있었다. 최연소 사법고시 합격자, 최연소 사법연수원 수석 졸업자, 이런 꼬리표가 따라다닐 것이다.

사실 그래서인지 연수원에서도 살짝 왕따로 시작했다.

겨우 악으로, 깡으로 공부해서 사법고시에 합격했는데, 막냇동생뻘 되는 놈이 동기라고 인사를 하니 형, 누나들은 어이가 없는 것이다.

하여튼 그냥 형이라고, 누나라 부르며 ·따라다녀서 왕따에서 해방됐다. 넉살에는 장사 없으니까. 그리고 어떻게 되었던 동기 사랑은 나라 사랑이라는 말은 군대에서만 적용되는 말이 아니기에 좋은 것이 좋다고 자신들의 울타리에 나를 넣어줬다.

그래도 내가 가진 타이틀이 많으니까. 그리고 그들은 내가 판사가 아닌 검사를 한다고 했을 때, 그리고 대형 로펌에서 연봉 3억을 준다는 스카우트 제의를 거절했을 때 놀란 눈으로 봤다.

그때 형들이 한 말이 아직도 떠오른다.

명예를 생각하면 판사가, 돈을 위해서는 변호사가 되어라!

검사?

이도저도 아니라 일복만 넘친다.

그리고 나는 일복이 넘치는 말단 검사를 지원했다. 그리고 이렇게 떨리는 마음으로 첫 출근 준비를 하고 있다.

"멋진 검사가 되어라."

"너도!"

"그리고 내 오늘 면접 있다."

그러고 보니 명득이도 오늘 경찰 제복을 잘 차려입고 있다.

"면접? 짭새가 무슨 면접?"

"야! 갱찰 친구가 갱찰한테 짭새라고 하면 되나?"

"짭새는 짭새지. 착한 짭새! 나쁜 짭새! 무슨 말인지 알겠지?"

"알았다. 검찰청 파견수사관 면접 본다."

"파견?"

"검찰수사관 부족하다네."

"너, 설마?"

나를 위해서, 내 옆에 있기 위해서 이러는 것 같다. 그것도 경찰 고위 간부의 기본이라고 하는 경위가 말이다.

"그래, 니 때문에! 니는 내 없으면 아무것도 못하잖아, 빙시야!"

"명득아~"

"고맙제?"

"고맙다. 그런데 니가 파견 검찰수사관이 된다고 해도……."

"니 밑으로 못 갈 것 같나?"

"검사 많잖아."

"검찰청 보안 별로더라."

"뭐?"

나도 모르게 조명득을 째려봤다.

"딱 한 번만 했다. 나쁜 일도 아니고 말단 평검사 쫄따구 되는 긴데 크게 죄도 아니다."

"…그래도."

"아무도 모른다. 니만 알아라."

조명득이 평소와 다르게 주변을 돌아봤다.
방에는 우리 둘뿐인데.
"뭐?"
"CIA도 한 방에 뚫는다."
해킹을 말하는 것 같다.
"너, 그러다가 큰일 난다."
"뚫린 지도 모르는데 어떻게 큰일이 나겠노? 하여튼 다 니를 위해서 이 형님께서 머리 터져라 공부했다. 그것만 알이라."
"알았다."
"참!"
조명득이 나를 빤히 봤다.
"뭐?"
"이창명이 기억하나?"
이창명.
비 오는 날 죽자고 싸운 놈이자 내가 일부러 져준 그놈이다.
"기억나지."
"그 새끼, 며칠 전에 출소했단다."
"으음……."
아마 이제 이창명은 반복되는 생활을 할 것이다.
구속과 석방을 반복하면서 조직의 핵심 인원이 되든가 소모품으로 전락하든가 둘 중 하나일 것이다.
"그래서?"
"칠승파 우 실장 밑으로 갔단다."
이번 일을 잘됐다고 해야 할지, 걱정이라고 해야 할지 모르겠다. 물론 그렇게 친한 놈도 아니지만 말이다.

"칠승파?"

"거기로 갔단다. 니가 몇 년 전에 깡칠 그렇게 만들었잖아."

그날도 비가 왔다.

"…그랬지."

"깡치도 출소했다."

내가 검사가 되는 날 나와 관계되어 있는 조폭 둘이 출소했다.

"그런데. 왜?"

"알아만 두라고. 조심해서 나쁠 것은 없잖아."

"대한민국 검사를 누가 건드려!"

"그러네. 출근하자."

검사가 된 첫날 발걸음은 가볍게, 마음은 무겁게 서울 중부지방검찰청으로 출근했다.

저기 검찰청이 보인다.

내가 앞으로 내가 정의를 실현할 직장이다.

툭!

그때 두 여자가 내 어깨를 치고 급하게 앞으로 뛰어나갔다.

"…지각인가?"

시계를 보니 이제 일곱 시다.

끼이익!

그때 내 앞으로 한 대의 봉고차가 급하게 섰다.

"거기 서!"

봉고차에서 우락부락하게 생긴 남자 셋이 급하게 봉고차에서 내리더니 앞으로 뛰어가는 여자 둘을 막았다. 남자들을 본 여자들은 마치 저승사자를 본 것 같은 눈빛으로 떨었다.

"박순례, 차우밍 맞지?"

"아닌데요? 왜 이러세요?"

"거기 서라고요. 증 보여달라고."

"왜 이러시냐고요?"

여자가 앙칼지게 말했다.

"우선 차에 태워!"

갑작스럽게 일어난 일이다.

"뭐야?"

내가 보기에는 납치 같다. 그리고 남자 셋이 도망치려는 여자들의 팔을 우악스럽게 잡았다.

"놔라! 놔라!"

"언니, 도망쳐!"

"이것들이 정말 막가자는 거네. 썅! 뭐야? 빨리 안 차에 안 태우고."

남자들이 여자를 잡자 여자는 봉고차에 타지 않으려고 발악하며 바닥에 드러누웠다.

"놔라! 도와주세요! 도와주세요!"

"소리치지 마! 뭐 잘한 것이 있다고 소리를 칩니까?"

남자들은 여자들에게 주로 반말을 하면서 간혹 존댓말도 섞어서 했다.

'인신매매범?'

문득 그런 생각이 들었다. 그렇다면 간도 큰 놈들이다.

검찰청 앞에서 이런 범죄를 저지르고 있으니 말이다.

그것도 검사 앞에서.

"뭐 하는 겁니까, 검찰청 앞에서!"

정의를 추구하는 검사라면 이럴 때 나서야 한다.

이건 딱 봐도 노상 납치다. 그리고 인신매매일 가능성도 있었다. 그게 아니면 여자들이 어려 보이니 어쩌면 저 여자들은 선금을 받고 도망친 술집 여자일 수도 있었다. 그리고 남자들은 그 여자를 잡는 흥신소 직원으로 가장한 양아치들일 것이고.

"신경 쓰지 마세요."

"그 손 놓으라고 했습니다."

나는 바닥에 대자로 누워 바동거리고 있는 여자들을 우악스럽게 개처럼 잡아끌고 있는 남자들의 멱살을 잡았다.

여자들은 어떻게든 차에 타지 않기 위해 발악을 했고, 그런 과정에서 옷이 늘어져 속옷과 속살이 다 보였다.

척!

나는 무식하게 여자의 멱살을 잡은 남자의 손을 움켜잡았다.

"으윽! 뭡니까?"

"그 손 놓읍시다."

"아무것도 모르면서 이러지 마세요."

"내가 모르긴 뭘 몰라?"

퍽!

나는 남자를 한 손으로 밀쳤다. 주먹으로 치면 폭행이 된다.

그렇기 때문에 뒤로 밀쳤다.

물론 저러다가 넘어져서 다친다면 폭행이 되겠지만.

"으윽!"

"이 사람이 정말!"

뒤에 있던 남자가 내 멱살을 움켜쥐려고 했지만 나는 살짝 몸을 빼서 피했고, 다시 바닥에 누워 버티고 있는 여자를 잡은 남자의 손목을 탁 쳐서 손을 놓게 만들었다. 그때 여자의 눈동자가 반짝이더니 그 상태로 도망치기 시작했다.

"경찰청으로 도망치세요."

내 말에 두 여자의 표정이 멍해졌다.

"이 사람이 미쳤나?"

"미친 건 너희들이지. 노상에서 부녀자를 납치해?"

"납치? 어이가 없네."

남자 셋이 씩씩거리며 나를 째려봤다.

"부녀자 납치 미수잖아."

"당신, 뭐야?!"

남자 하나가 내게 다짜고짜 물었다.

"너희들은 뭔데?"

"김 조사관, 그만하고."

남자 하나가 나를 째려보며 씩씩거리고 있는 남자를 김 조사관이라고 불렀다.

'뭐, 뭐야?'

순간 일이 잘못됐다는 생각이 들었다.

척!

그때 내 손에 수갑이 채워졌다.

"당신을 공무집행 방해로 체포합니다."

"이, 이거 뭡니까?'

그런데 남자 하나가 내 손에 수갑을 채우자 다른 남자들이 왜 그걸 꺼내느냐는 눈빛으로 남자를 째려봤다.

"경찰입니까?"

"같이 가시죠."

"경찰이냐고 물었습니다."

경찰과 검찰이 아니면 긴급 체포권이 없다.

"그건 아니고……."

남자가 살짝 말꼬리를 흐렸다.

"그럼?"

"하여튼 같이 가시죠."

"누구냐고 물었다!"

나도 모르게 버럭 소리를 질렀다.

"소리 지르지 마시고, 인천 외국인출입국 사무소 조사관입니다. 당신은 잘 모르고 한 일이겠지만 공무집행 방해에 해당됩니다."

일이 묘하게 돌아간다.

내 손에 수갑을 채운 남자가 나를 째려봤다. 너를 그냥 두지 않겠다는 눈빛이다. 한마디로 공무집행 방해로 벌금을 잔뜩 나오게 만들어주겠다는 그런 의지가 보인다.

'일이 꼬이네.'

"차에 타십시오."

"외국인출입국 사무소 직원이 내국인 체포권이 있습니까?"

내 질문에 중년의 남자가 살짝 인상을 찡그렸다.

마치 '이 새끼, 법 좀 아네', 이런 눈빛이다.

"도주할 우려가 있잖습니까?"

"박 조사관, 내국인과 시비 붙지 말고!"

"예, 주임님!"

"경찰에 신고해. 수갑 치우고. 경찰이야? 수갑을 가지고 다니게."

"예."

외국인출입국 사무소 직원 하나가 바로 112에 신고했다.

"나 바쁜데 그냥 가면 안 됩니까?"

"공무집행 방해라고 했습니다. 6개월 동안 쫓던 위장 결혼 피의자 둘을 당신 때문에 눈앞에서 놓쳤습니다. 농촌 총각들이 그 여자 둘 때문에 얼마나 마음고생이 심한지 압니까!"

뭔가 크게 잘못했고, 내가 죄를 지은 것 같다.

'첫날부터 사고 쳤네.'

그렇다고 해서 내가 검사니까 그냥 풀어달라고 할 수는 없었다. 지금 내가 검사니까 풀어달라고 하면 권력 남용이 될 것이다.

'이거 어떻게 하지?'

*　　　*　　　*

"뭐? 오늘 검사 임명장 받는 박동철 검사가 출근을 안 했다고?"

부장 검사가 보고한 평검사에게 버럭 소리를 질렀다.

"출근하다가 사고라도 난 거야?"

어떻게 보면 초유의 사태가 분명할 것이다.

검사 임용식 날 출근하지 않는 검사가 생겼으니까.

"그게……."

"기강이 빠져가지고! 알아봐. 지검장님이 이번에 연수원 수석 졸업생이 자진해서 검사직을 신청했다고 좋아하시는데 임명식 펑크 나면 조인트 까일 줄 알아!"

군기가 센 곳이 또 검찰청이다.

"저… 그게 말입니다."

"여기가 군대야? 말입니다는 무슨 얼어 죽을 말입니다야? 말이냐, 소냐 이 새끼야!"

말이 거친 곳도 검찰청이다.

"사실은……."

보고를 하고 있는 평검사가 부장 검사의 눈치를 봤다.

"성질 급한 놈 궁금해서 뒤지겠네. 뭔데?"

"아직 출근 안 한 신임 검사가 사실은……."

"사실은 뭐?"

"지검장님이 그렇게 고대하시면서 기다리시는 연수원 수석 졸업자입니다."

"뭐?"

부장 검사가 멍해졌다.

"박동철 검사가 바로 연수원 수석 졸업자입니다."

"뭐? 정말이야? 무슨 사고 난 거 아니야?"

"그리고 사실 선배님."

"직장에서 선배는 무슨 얼어 죽을."

"…그놈이 저희 학교 직속입니다."

"직속?"

검찰청만큼 또 학연이 끈끈하게 연결되는 곳도 없을 것이다.

"저번 동문회에서 졸업생 중에 꼴통 하나 있다고 말씀드렸잖습니까?"

"꼴통?"

"예, 입학 면접 때 노우스코리아마운티……."

"노루 점프 뷰티풀? 그 녀석이 왜?"

"그 녀석이 이 녀석입니다."

"그거 꼴통이잖아?"

"그러게 말입니다. 그런데……."

"그런데 뭐?"

"선배님 직속이십니다."

"뭐라고?"

"형사8과입니다."

부장 검사의 표정이 묘하게 변했다. 마치 '아이고, 두야' 하는 눈빛이다.

"그 새끼가 그 새끼인데 아직 출근을 안 했어? 첫 출근인데?"

"…예."

"그 새끼 오면 바로 옥상으로 집합해."

"…예."

"이거 수석 합격자가 검사 지원했다고 해서 수재 하나 들어왔다고 생각했는데 꼴통 하나 들어왔군."

에에이잉~ 에에이엥~

그때 흐릿하게 경찰 사이렌 소리가 울렸다.

"이건 또 뭔 소리야?"

"경찰 사이렌 소리인데요?"

"그걸 누가 몰라서 물어?"

부장 검사가 버럭 소리를 질렀다.

*　　　*　　　*

경찰 사이렌이 울리기 한 시간 전, 얼떨결에 경찰서까지 가고 말았다.

"공무집행 방해로 신고가 되셨습니다. 주민번호를 말하세요."

경찰이 내 신상 정보를 확인하기 위해 주민번호를 요구했다.

'일이 왜 이렇게 꼬이냐.'

벌써 9시다. 10시에 임용식이 있고, 11시부터 면안식이 있는데 이 상태라면 딱 꼴통으로 찍힐 것 같다. 뭐 벌써 꼴통으로 낙인이 찍혔을지도 모른다. 첫 출근 날부터 지각했으니까.

"그게요……."

"불응하시겠다는 겁니까?"

말투가 딱딱하다. 내 뒤에 있는 인천 출입국사무소 직원들은 쌤통이라는 듯 보고 있고, 나는 정말 이 순간이 난처했다.

집 앞에서 강간당한 여자들의 마음이 딱 이럴 것 같다.

검찰청 앞에서 여기까지 끌려왔으니까.

어, 어 하다가 여기까지 왔다.

"그게 아니고요."

"주민번호를 말씀해 주세요."

"무슨 오해가 있던 것 같습니다. 자초지종을 들으셨을 테니 충분히 이해할 수 있는 상황이잖습니까?"

내 주민번호를 까면 검사 신분이 들통 난다. 그럼 개창피다.

"상황은 이해합니다. 하지만 저희들도 신고가 접수됐으니 적법한 절차를 진행시켜야 합니다. 신원부터 확인하겠습니다. 주민번호 말씀해 주세요."

목소리가 더욱 사무적이고 딱딱하게 변했다.

'조명득이한테 전화할까?'

그럼 두고두고 놀림감이 될 것이다.

'난처하네.'

하지만 이 순간에도 째깍째깍 시간은 가고 있다.

"주민번호가… 그러니까……."

어쩔 수 없이 주민번호를 알려줬고, 나를 조사하는 경찰이 내 주민번호를 이용해 신상을 확인하더니 표정이 묘하게 변했다.

"혹시……."

"…말씀하지 말아주십시오."

내가 아버지를 아버지라고 부르지 못하는 홍길동도 아니고 내가 검사인데 이 순간만큼은 검사라고 말하지 못하겠다.

모든 검사를 욕 먹이는 일이 될 것 같으니까.

"…예, 그러죠. 저기, 출입국 사무관님 계십니까?"

경찰이 나를 공무집행 방해로 신고한 출입국 사무소 사무관을 불렀다.

"왜 그러십니까?"

"저랑 이야기 좀 하셔야겠습니다."

"참, 그리고 저 폭행도 당했습니다."

그때 내게 밀쳐진 남자가 씩씩거리며 말했다.

'내가 오늘 아주 똥을 싸는구나, 똥을 싸!'

"그건 알겠고, 서로 합의 보시는 것이 어떻겠습니까?"

"합의요? 공무집행에 합의가 있습니까?"

"같이 나랏일하시는 분들끼리……."

"…뭐라고요?"

"그러지 말고 나가서 이야기하시죠, 영… 박동철 씨!"

"예."

원래 이렇게 풀었으면 더 수월했을지 모르겠다.

"저랑 밖에서 이야기하시죠. 아까는 죄송했습니다."

"할 이야기가 없는데……."

"…검사님이시라고요?"

"그렇게 됐습니다. 제가 신입이라서 상황 파악을 못했네요."

내가 검사라고 밝히자 사무관을 제외한 나머지 두 남자는 멍한 표정을 지었다. 그리고 어느 순간 사무관은 내 눈치를 살폈다.

"고소 취하해 주시죠."

"그, 그래야죠."

"그럼 저도 불법 무기 소지하신 거 눈감아 드리겠습니다."

"불, 불법 무기라고요?"

"경찰을 사칭할 수 있는 수갑 같은 것은 불법 무기로 규정되죠."

"일을 하다 보면 아까 보신 것처럼 체포해야 하는 불법체류자는 강제 송환에 불응하고 발악합니다."

"몰랐습니다. 그런 애로 사항이 있는지."

"하하하! 해프닝이네요. 검사님이시니 당연히 그렇게 하셨을 겁니다. 진작 말씀을 하시지."

맞다. 진작 말했으면 이런 일은 없었을 것이다. 하지만 그 자리에서 대놓고 말해도 믿지 않았을 것이다.

'신분증만 바로 나왔으면……'

그러고 보니 아직 검사 신분증이 없다. 오늘 받는다.

'지각이네. 뭐 됐다.'

검찰청은 군기가 센 걸로 유명하다.

아마 나 때문에라도 검찰청은 발칵 뒤집어졌을 것 같다.

"서동탁입니다. 앞으로 공조 수사가 있을 때 잘 부탁드립니다."

외국인 출입국사무소 직원과 무슨 공조 수사를 할 것이 있을지는 모르지만 명함을 내미니 받았다.

"예, 잘 부탁드립니다."

"요즘 불법 체류자들이 하도 강력 범죄를 많이 저질러서 저희도 미치겠습니다. 수사권도 없고, 그저 불법체류자 체포권만 있어서 힘듭니다. 후배들이 무례를 범한 것은 사과드리겠습니다."

중년인 서동탁 사무관이 내게 머리를 숙였다.

이것이 검사 파워일 것이다.

"아이고, 제가 죄송하죠."

"그런데 지각 아니십니까?"

"…그러게요."

나도 모르게 인상이 찡그려졌다. 그때 내 신분을 안 파출소 소장이 급하게 뛰어나왔다.

"영감님, 출근 늦으셨죠? 오늘 첫 출근이라고 하던데……"

'설마 전화를 한 거야?'

첫 출근이라고 말 안 했다.

"어, 어떻게 아세요?"

"검찰청에 전화를 했죠. 조금 늦으실 거라고… 공무집행 중이시라고."

검사 신분증도 지금 못 받았는데 공무집행이라니, 아예 나를 죽이려고 작정한 것 같다. 물론 내게 잘 보이려고 한 일이었을 것이다. 검찰이 경찰을 지휘하여 수사를 하기 때문에 검찰이 경찰 위에 있다. 내가 살던 미래에서는 경찰과 검찰 사이에 약간의 알력이 있었지만 아직까지는 표면적으로 그런 것은 없다.

그래서 이러는 것이다.

"아, 예."

"타시죠. 출근 시간이라 차가 엄청 막힐 겁니다."

"택, 택시 타고 가도 됩니다."

"택시 타고 가시면 10시도 더 넘어서 도착하실 겁니다."

검사 임용식이 딱 10시에 시작한다. 거기까지 늦으면 정말 찍힐 거라는 생각이 들었다.

"그래도 될까요?"

"됩니다. 되고말고요."

"뭐 해, 박 경장! 어서 모셔다 드리지 않고."

차 없는 뚜벅이가 이래서 서럽구나 하는 생각이 들었다.

경찰차 한 대가 내 앞에 섰다.

"이걸… 타고 갑니까?"

"이거 타야 갓길도 달리고, 급할 때는… 하여튼 타시죠."

나는 임명식에라도 늦지 않기 위해 어쩔 수 없이 경찰차에 탔는데, 뒤에 타니 기분 참 묘하다. 죄를 지은 것도 없는데 주눅이 드니 말이다.

"갑니다, 영감님!"

겨우 27살짜리가 오늘 정말 영감님 소리 많이 듣는다.

*　　　*　　　*

"정지!"

경찰청 앞 전경이 외제 승용차 앞에서 정지 신호를 내렸다.

"무슨 일이시죠?"

"배달입니다."

"예?"

"자동차 배달입니다."

"…누구에게요?"

전경이 어이가 없다는 표정으로 벤츠를 운전하고 있는 남자에게 물었다.

"박동철 검사님 앞으로 배달입니다."

"예? 박동철 검사라고요?"

"예, 오늘부터 이 지청에 출근하실 검사님이시라고 하던데요?"

전경이 그런 검사가 있었나 생각하면서 고개를 갸우뚱거렸다.

아마 첫 출근에 벤츠를 선물 받는 검사는 박동철 검사가 처음일 것이다. 아마 벤츠 검사 소리를 듣게 될지도 모른다.

첫날부터 사고 많이 치는 박동철이다.

빵빵!

그때 뒤에서 요란하게 경적이 울렸다.

"검찰청 앞에서 누가 저렇게 경적을 울려!"

벤츠 운전자가 인상을 찡그렸다.

"우선 주차장으로 가십시오."

"예, 키는 여기다가 맡겨도 되죠?"

"예?"

벤츠 운전자의 말에 전경이 되물었다.

"벤츠만 전달하고 경비실에 맡기라고 했거든요."

순간 전경이 욱했다. 비록 자신이 전경으로 검찰청 경계를 서고 있지만 경비실에 맡기라는 소리에 아파트 경비로 전락했다는 생각이 드는 그었다.

"…주세요."

그렇다고 선량한 국민한테 뭐라고 할 수도 없는 노릇이다.

빵~ 빠아앙~

"에이 씨, 겨우 제네시스 8000이 어디 벤츠한테!"

"통과하시죠. 통과!"

전경의 지시에 벤츠 운전자는 벤츠를 몰고 주차장으로 향했다.

"정지!"

"왜 그러십니까?"

"무슨 용무로 방문하셨습니까?"

"차 인계 왔습니다."

"차요?"

전경이 주차장에 파킹하고 있는 벤츠를 봤다.

"예, 박동철 검사가 여기서 근무하시죠?"

"또 박동철 검사입니까?"

"왜 그러시죠?"

"…아닙니다."

전경은 다시 힐끗 주차장에 세워져 있는 벤츠를 봤다.

"박동철 검사에게 전해주라는 차입니다. 주차장에 파킹할 테니까 이 키 좀 보관했다가 박동철 검사한테 인계 좀 해주십시오."

"…직접 하세요. 여기가 경비실인 줄 아십니까?"

"그러고 싶은데 오늘이 첫 출근이라네요. 저도 지시 받은 그대로 해야 해서요."

에에에엥~ 에에에엥~

그때 요란한 사이렌 소리가 울렸다.

"…저건 또 뭐야?"

끼이익!

그때 박동철을 태운 경찰차가 섰다.

*　　　*　　　*

"수고하십시오, 검사님!"

웃는 모습이 살짝 비웃는 것 같다. 하지만 지금은 그런 것을 따질 때가 아니었다.

검사 임관식까지 10분 남았다. 이미 첫 출근은 지각이고 임관식까지 펑크 내면 꼴통으로 영원히 찍힐 것이다.

"정지! 어떤 용무로 오셨습니까?"

전경이 검사한테 시비다.

"바쁘거든요."

여기서 '너, 뭐냐?' 이러면 갑질이다.

"무슨 용무이십니까?"

"검사 박동철입니다. 제가 지각해서요."

"박동철 검사? 아, 검사님, 누가 이거 드리라는데요."

전경이 자동차 키 두 개를 내게 내밀었다.

"…이게 뭐죠?"

"저는 모르겠습니다. 제가 아파트 경비실 경비처럼 보이는 것 같습니다. 검사님한테 전해주랍니다."

하나는 벤츠고, 또 하나는 제너시스 8000이다. 그럼 답은 정해졌다. 하나는 은희가 보낸 거고, 하나는 정소연이 보낸 것이다.

이것도 여난이다.

'…오늘 완전 날 잡았네.'

아마 검찰청 내 별명이 하나 더 생길 것 같다.

벤츠 검사!

'하여튼 여난이다.'

은희야 그렇다고 치지만 정소연이 문제다.

이미 임자 있는 몸인데 너무 저돌적으로 덤비고 있다.

'정소연 아버지가 아시면 좀 그렇겠네.'

곱디고운 딸이 나 같은 평검사한테 목을 매고 있으니까.

"충성!"

나는 내게 경례를 하는 전경을 지나 검찰청 건물로 뛰었다.

'사이렌 소리도 들었을 거야.'

한마디로 난리가 났을 것이다. 부장 검사가 우리 학교 선배라고 했는데, 첫 출근 날부터 조인트 까일 것 같다.

꼴통이라고.

"임명장! 박동철을 검사로 임명함!"

짝짝짝! 짝짝짝!

지검장님께서 내게 검사 임명장을 하달하셨다. 그리고 흐뭇한 미소를 지으셨다. 연수원 수석 졸업을 하고 자청해서 검사를 선택한 것에 대해 만족하시는 표정이다. 하지만 내가 검찰청 강당에 뛰어들었을 때, 부장 검사와 평검사 선배들이 나를 노려봤다.

"야! 너, 박동철이지?"

"예, 박동철입니다. 안녕하십니까, 선배님?"

"너는 첫 출근부터 지각이야? 이 꼴통 새끼야!"

이렇게 말하는 것은 지금 내게 소리치고 있는 선배가 내 학교 직속 선배이기 때문일 것 같다.

"시정하겠습니다!"

"시정? 여기가 군대야? 이래서 법무관 출신들은 안 된다니까."

우리 학교 선배들은 대부분 법무관으로 군 생활을 한다.

그래서 이런 소리를 하는 것 같다.

"저, 전투병 출신인데요."

"이게 뭘 잘했다고 꼬박꼬박 말대꾸야! 땀 닦고 나중에 보자."

평검사 선배가 나를 노려봤다.

'으, 꼬이네. 쩝!'

제3장
촉법소년의 이모

"기대하겠네."

지검장님께서 내게 악수를 청하셨다.

"감사합니다."

"전화 잘 받았네."

지검장께서 내게 살짝 속삭였다.

"열혈 검사라고?"

놀랍게도 파출소에서 한 전화를 받은 사람이 지검장님일지도 모른다는 생각이 문득 들었다.

'설마… 아니겠지.'

"죄송합니다."

"나라고 해도 그랬을 거네. 좋은 검사가 들어온 것 같군."

"감사합니다."

"정말 기대가 되네. 하하하!"

하여튼 그렇게 우열곡절 끝에 검사 임명장을 받았다.

그리고 이제 남은 것은 면알식이다. 하지만 그 면알식을 따뜻한 사무실이 아닌 옥상에서 할지도 모른다는 생각이 들었다. 여전히 내 뒤통수는 따가우니까.

그리고 내 예상대로 면알식을 두 번 했다. 사무실에서 한 번, 옥상에서 한 번.

물론 조인트도 까였다. 꼴통 소리도 몇 번 들었다. 그리고 마지막으로 혹시나 했지만 역시나 벤츠 검사 소리도 들었다.

내가 산 벤츠도 아닌데 말이다.

하여튼 나는 한동안 벤츠 꼴통 검사로 불릴 것 같다.

차 두 대는 어떻게 됐느냐고?

박봉의 검사가 벤츠나 제너시스 8000 같은 차량을 타고 다닐 수는 없다. 그래서 고스란히 주차장에 그대로 먼지가 쌓여 있다.

내 차가 뭐냐고?

마티즈다.

결국 나는 차가 석 대나 있는 평검사가 되어버렸다.

'하여튼 이제부터가 시작이다.'

*　　　*　　　*

부장 검사님께서 나를 불러놓고 뉴스만 보고 계신다.

꽤나 심각한 표정이었다.

―총포류 관리가 심각한 수준입니다. 보도에 NBS 이도팔 기

자입니다.

—지난 15일 영등포 인근의 다세대 주택에서 한 발의 총성이 울렸습니다. 총을 쏜 사람은 열 살 된 이 모 군으로 총에 맞은 사람은 이 모 군의 어머니인 베트남 귀화 여성 앙티아 씨입니다.

—총성에 놀란 주민이 경찰에 신고를 했고, 신고를 받은 경찰이 출동했으나 이미 앙티아 씨는 사망한 상태였습니다. 사건에 사용된 총기는 멧돼지 사냥용 산탄총으로 지근거리에서 발사한다면 멧돼지도 즉사시킬 수 있는 위험한 흉기입니다. 보통 이런 총기류는 경찰서 무기고에 보관되어야 하나 수렵 철을 맞이해서 이 모 군의 부친이 가지고 와서 보름 동안 집안에 방치했다가 이런 사고가 발생했습니다. 하지만 피의자인 이 모 군은 촉법소년에 해당되기에 형사 처분이 면죄됩니다. 분명한 것은 총포류 관리에 문제점이 여실히 드러난 사건이라는 겁니다.

'열 살이면 촉법소년인데…….'

저러면 형사 처분을 받지 않는다.

'저 나이에 산탄총을 들 수 있나?'

뉴스를 보면서 엉뚱한 생각이 들었다.

—총기 관리에 문제가 많군요.

—그렇습니다. 불법 총기류도 문제지만 이렇게 등록된 총기류 관리도 허점을 보이고 있습니다. 막을 수 있는 사고를 관리 소홀로 발생하고 만 것입니다.

—가슴이 아픈 일이군요. 열 살이면 정확하게 자신이 무슨 짓을 한 것인지도 모르겠군요.

—그렇습니다. 이 모 군은 사건 후 심각한 불안감으로 정신과

치료를 받고 있는 상태입니다.

삑!

한참 뉴스를 보던 부장 검사님께서 TV를 끄고 나를 봤다.

"야, 벤츠 꼴통!"

벤츠를 안 탄 지 한 달이 넘었는데 부장 검사님은 여전히 나를 벤츠 꼴통이라고 부르고 계시다.

"예, 부장님"

"이 사건, 네가 해라."

툭!

사건 서류를 내 앞에 던졌다.

"어떤 사건입니까?"

"공소권 없는 사건인데 난리네. 그래도 조사는 해야지."

공소권이 없다는 것은 처벌을 받을 사람이 없다는 말이다. 그런데 조사를 해야 한단다. 이게 참 아이러니하다.

"그냥 조사할 필요가 없지 않습니까?"

"그러니까 네가 꼴통 소리 듣는 거야. 너는 TV도 안 보냐?"

"일이 많아서……."

부장님의 눈치를 살피며 말꼬리를 흐렸다.

"검찰청 일을 너 혼자 다 하는 줄 알겠다, 인마!"

"죄송합니다."

이럴 때는 넉살 좋게 말하면 된다. 사실 부장님도 내가 싫은 것은 아닌 것 같다. 처음 벤츠를 선물 받았다고 했을 때 죽일 듯 노려보던 눈빛과는 사뭇 달라져 있다.

"뉴스에서 온통 총포류 관리로 난리잖아. 그러니까 조사는 해야지. 국민들께서 불안해하시니까."

결국 경찰이 싸놓은 똥을 검찰이 치우는 꼴이다.

"그렇습니까?"

"너 정말 뉴스 안 보나 보다."

"죄송합니다."

"뉴스 좀 봐라. 여론의 행방도 살피고. 그런데……."

"예, 부장님!"

"오늘 점심엔 뭐 먹을래?"

부장 검사님은 추어탕에 환장하신다.

"추어탕 어떠십니까?"

"어제도 먹었잖아?"

"그래도 추어탕이죠. 하하하! 맛있지 않습니까?"

"그럴까?"

부장 검사님은 추어탕을 엄청 좋아하신다. 게다가 나를 부른 것은 같이 추어탕이라도 먹자고 부르신 거다.

그리고 공소권 없는 사건을 조사하다는 것은 헛지랄을 하는 거라서 다른 검사들은 분명 싫어할 것이고, 말 잘 듣는 학교 직속 후배를 이럴 때 써먹으려는 것 같다.

"대충 철저하게 조사해. 경찰에서 넘긴 조사 서류 보니까 촉법소년이 저지른 범죄더라고."

"아, 예?"

그래서 공소권 없는 조사라고 한 것이다.

촉법소년은 범법 행위를 저질렀으나 형사 책임 능력이 없기 때문에 처벌을 받지 않는 만 14세까지의 미성년자를 말한다. 대신

가정법원 등에서 감호위탁, 사회봉사, 소년원 송치 등 보호처분을 받게 되는데, 사안이 크고 총기류가 범행에 쓰여서 여기까지 넘어온 것 같다.

결국 같이 본 뉴스가 내 사건이 된 것이다. 그런데 조금 찜찜한 생각이 든다. 원래 무당하고 검사, 경찰은 촉이라는 것이 있다. 절대적으로 비과학적이지만 지금 내 촉이 움직이고 있었다.

'열 살짜리가 산탄총을 들고 조준이 가능한가?'

이것부터 이상했다.

그리고 촉이 움직인다면 그 촉을 따라가 볼 필요가 있다.

"하하하! 잘 먹었다. 역시 추어탕이 최고라니까."

며칠째 추어탕만 먹으니 입에 미꾸라지 냄새가 밴 것 같다.

부장 검사님은 추어탕 오타쿠 같다.

"맛있지?"

"예, 입에 착착 감겼습니다."

"애들은 이걸 몰라. 이게 얼마나 정력에 좋은지… 흐흐흐!"

세상 모든 남자의 관심사는 기승전 정력인 것 같다. 그리고 부장 검사님께서는 요즘 부쩍 남성 갱년기 때문에 힘이 달려서 스태미나 음식을 찾는 것 같다.

"다음에는 장어구이 어떠십니까? 그게 찬바람 불 때 딱 좋습니다. 아니면 염소탕도 좋고."

"그럴까?"

"예."

"그런데 박봉 검사가 무슨 돈으로 자연산 장어를 먹냐?"

나는 자연산이라고 말 안 했다.

평검사보다 부장 검사가 월급을 더 많이 받을 텐데, 이 순간 부장 검사님께서는 후배 평검사를 등쳐먹으려고 하신다.

"제가 총각 아닙니까?"

"그렇지. 총각이 좋지. 나는 부장 검사지만 최저 임금이다."

"예?"

"…용돈이 80만 원이라고. 너는 얼마냐?"

"저야 뭐 버는 돈이 제 돈이죠."

"그렇지. 총각이 좋다."

사실 돈의 유혹에 강건해지려고 주식 투자를 했다. 7년 전, 월드컵 토토로 번 돈으로 한국중공업 주식을 샀고, 살 때가 3만 원이었는데 지금은 60만 원이다. 6억 원어치를 샀으니 20배가 뛰어서 120억이 됐다. 아마 고위공직자 재산 공개를 하게 되면 나는 또 구설수에 오를 것이 분명했다.

그래도 다행인 것은 평검사는 고위공직자가 아니었다.

여튼 120억 중에 100억은 다시 삼산전자 주식을 샀다. 삼산전자는 반도체를 주로 만드는 회사로 차후 핸드폰으로 세계 일류 기업이 될 그룹이다. 아마도 3년만 지나면 5배는 뛸 것이다.

물론 요즘에는 대부분 주식투자자들이 벤처 기업이나 생명공학 기업 주식을 산다. 특히 줄기세포 연구를 하는 회사의 주식은 하늘 높은 줄 모르고 뛰고 있다.

살짝 도박하듯 어느 정도 살까도 생각했지만, 줄기세포 거품이 언젠가는 꺼진다는 것을 알고 있기에 포기했다. 그리고 또 검사가 범죄자를 잡아야지, 돈 벌 생각만 하면 안 될 것 같았다.

그래서 신경을 크게 안 써도 되는 장기 투자를 했다.
"예, 다음에 제가 자연산 장어로 모시겠습니다."
"뇌물이냐?"
꼭 한 번씩 이러신다.
"에이~ 성의입니다. 저, 검사된 지 고작 한 달 됐습니다. 제가 승진할 일이 있겠습니까?"
"그렇지. 검사된 지 한 달 된 놈이 나랑 농담 따먹기 하지. 그리고 내가 봤을 때 너는 검사보다 변호사가 더 어울리는 것 같다."
나도 모르게 표정이 굳었다.
"농담이다. 표정 풀어. 하여튼 넉살 하나는 좋다."
"제가 벤츠 꼴통 아닙니까."
"하하하! 담배 피우고 올 거지?"
"예."
"끊어라. 힘들게 일해 녹봉 받아서 세금으로 다 낼래?"
"끊어야죠."
"지금 못 끊으면 나중에 흡연충 소리 듣는다."
아직까지는 흡연충이라는 말이 없는데 부장 검사님께서 위트 있게 단어를 만들어내셨다.
"센스~ 쟁이~"
아부는 아니다. 하지만 아부를 해도 나쁠 것은 없다.
이래야 더 큰 사건이 내게 떨어질 테니까.
'…사회생활 힘드네.'
그렇게 부장 검사님께서는 검찰청 건물 안으로 들어가셨고, 나는 주차장 옆에 만들어진 흡연장으로 걸어갔다.

"검사님 만나고 싶어요."

"검사님을 뵙게 해주십시오."

검찰청 정문 앞에서 외국인 여자 한 명과 중년의 남자 한 명이 경비를 서는 전경에게 사정을 하고 있다.

"이러시면 안 됩니다. 여기서 이러셔도 만나실 수 없습니다."

인터넷으로 민원을 넣거나 민원실에 문의를 하면 될 텐데 저러고 있는 것이 신기했다. 하지만 대한민국이 아이티 강국이라 해도 인터넷이 어떤 것인지 모르는 사람도 많다.

"휴우~"

담배 연기를 길게 뿜어냈다.

"꼭 만나야 해요. 우리 조카, 죄 없어요. 우리 조카가 엄마 안 죽였어요."

"저는 잘 모릅니다. 민원실로 가십시오."

"민원실이라고요? 거기가 어디죠?"

중년의 남자가 전경에게 물었다. 그러고 보니 저기 정문을 지키는 전경들도 죽을 맛인 것 같다. 저런 일이 비일비재할 테니까.

"예, 본청 건물로 가셔서 민원실을 찾으면 됩니다."

"고맙습니다! 고맙습니다! 갑시다, 여보!"

"응."

여보란다. 나이 차이가 꽤나 나 보이는데 부부 사이인 모양이다. 내가 보기에는 여자는 20대 초반인 것 같고 남자는 40대 후반으로 보이는데 말이다. 그리고 여자는 임신한 듯 배가 거의 만삭 수준이다. 그리고 남자는 살짝 다리를 절고 있다.

"뭘 그렇게 보십니까, 영감님?"

나를 영감님이라고 놀리듯이 부른 사람은 바로 내 조사관인 조명득이다.

"야!"

"왜 이러십니까? 하급자라고 해서 막 야라고 해도 됩니까?"

"그만해라."

"그래. 그래서 뭘 보는데?"

"저기 저 둘."

"부부 사이네."

조명득은 단번에 저 둘이 부부 사이라고 말했다.

"어떻게 알아?"

"여자는 베트남에서 결혼 이민 온 여자 같고, 남자는 살짝 장애가 있네."

눈썰미가 남다르다.

"그러네."

"그건 그렇고, 너는 사건 언제 맡냐? 심심해 죽겠다. 대한민국이 돈이 많아요. 검사를 비싼 월급 주고 탱자탱자 놀게 하네."

"…사건 맡았다."

내 말에 조명득의 눈동자가 반짝였다.

"정말?"

검사도 사실 수습 기간이 있다. 그리고 나는 이번 사건으로 수습 딱지를 뗀 거다.

"무슨 사건인데? 살인사건? 사기? 아니면 경제사범?"

"공소권 없는 사건."

내 말에 조명득도 어이가 없다는 듯 나를 봤다.

"뭔 소리고?"

"촉법소년 관련 사건이다."

"그건 네 말대로 공소권이 없잖아. 그리고 그런 사건은 가정법원에서 진행되지 않아?"

"…여론에 등 밀렸대."

"검찰이 중립을 지켜야지."

조명득의 말에 나는 조명득을 째려봤다.

"검찰이 그럼 중립이지, 아니냐?"

"여론에 등 떠밀렸다는 것은 정치권이 신경을 쓴다는 거고, 정치권이면 청아대 아니가?"

"오버 좀 하지 마라. 국민들이 불안해하잖아."

"하여튼 공무원만 되면 다 니처럼 된다. 눈 똑바로 뜨고 세상을 봐라."

추어탕을 하도 먹어서 속도 느글거리는데 훈계질이다.

"알았다. 할 일 없으며 서류나 보고 피의자부터 데리고 와라."

"누군데?"

"이충모, 열 살, 서울 영등포 아동복지센터에 위탁되어 있다. 데리고 와라. 피의자 심문부터 해봐야겠다."

"알았다. 이 꼬맹이 엄청 충격 먹었겠네. 가엽네."

조명득에게 가방에서 서류를 꺼내 넘겼다.

"명득아."

"와?"

"…사실 좀 찜찜하다."

"뭐가?"

"그냥… 이번 사건 좀 찜찜하다."

"찜찜하면 끌로 파면 되지."

"그래 볼까?"

"할 일도 없는데 이거나 파자. 파면 뭐가 나와도 나오겠지."

털어서 먼지 안 나는 사람 없다는 말이 있다. 물론 이건 털고 말고 할 사건은 분명 아니다.

하지만 자꾸 털어야 한다고 내 촉이 움직이고 있다.

"열 살짜리가 산탄총을 들고 조준할 수 있을까?"

"해보면 알제."

"구해 온나."

"예, 알겠습니다, 영감님!"

"검사님이라고 불러라. 지금이 조선시대냐?"

"예, 검사님!"

조명득이 나를 보며 씩 웃었다.

"어서 움직이세요, 조 조사관님!"

"예."

똑똑.

형사8과 검사실에서 촉법소년 총기 살인사건에 대한 경찰 조사 서류를 살피고 있는데 누군가 노크를 했다.

"검사님!"

문을 열고 들어온 사람은 민원실 7급 공무원 최 주임이다.

"예, 최 주임님."

무엇이든 외울 수 있다는 것이 이럴 때 좋다. 나는 검찰청에 있는 사람의 이름과 직급을 모두 외웠다. 그래서 몇 가지 편의도 받고 있다.

사람은 다른 사람이 자기 이름을 불러줄 때 좋아한다. 그리고 자기 이름을 공손히 불러주는 사람에게 악의를 품지 않는다.

"민원이 하나 들어왔는데 검사님이 오늘 맡으신 사건인 것 같습니다."

사건과 민원. 그건 이번 사건이 다른 무엇인가가 있다는 의미처럼 다가왔다.

"아, 그렇습니까?"

"바쁘시면 나중에……."

"아닙니다. 저 시간 많습니다. 이제 검사보 딱지 뗐습니다. 민원 처리 안 하면 짜증 나시잖아요."

"그렇죠. 고맙습니다."

최 주임은 내게 고맙다고 말하고 민원인을 내 사무실로 데리고 왔다.

'어, 점심때 본 그 부부네?'

젊은 베트남 여자와 중년의 남자. 그가 민원을 넣었다.

"우리 충모, 죄 없어요."

베트남 여자가 어눌한 한국말로 내게 말했다. 첫 마디를 했는데 벌써부터 눈물이 글썽이고 있다.

88 : 12

평범한 사람은 이 정도로 선하지 않다. 검사가 된 후 나는 버릇처럼 사람들의 머리 위에 떠 있는 선악의 저울 수치를 보는 버릇이 생겼다.

"천천히 말씀해 보십시오. 이충모 군은 촉법소년이라 형사 처분을 받지 않습니다."

"죄가 없어요. 죄가 없는데 혼이 안 나는 것은……."

단어가 떠오르지 않는 모양이다.

"무슨 말씀이신지……?"

"제가 말씀드려도 되겠습니까?"

중년의 남자가 나를 봤다.

"예, 말씀하십시오."

"충모는 죄가 없습니다."

또 죄가 없단다.

"처벌을 받고 안 받고가 중요한 것이 아니라 진짜 처형을 죽인 놈을 잡아야 합니다."

내 촉이 움직인 이유가 이거라는 생각이 들었다.

44 : 56

선악의 저울이 50 대 50이면 조명득처럼 사이코패스일 가능성이 높다. 하지만 살짝 저렇게 악 쪽으로 살짝 기울어져 있다면 뭔가 죄를 짓고 있다는 의미다. 하지만 선악의 저울은 가변적인 것이라서 저 정도면 평범한 사람의 범주에 들어간다.

"진짜 살인자를 잡아야 한다고요?"

보통 검사가 이렇게 민원인을 직접 만나는 경우는 없다.
사실 나도 업무가 가중되면 이렇게는 못할 것이다.
"예, 어린 처형을 죽인 놈은 따로 있습니다."
"누굽니까?"
"…남편입니다."
남자가 나를 뚫어지게 보며 말했다.
"증거 있습니까?"
대한민국은 증거 원칙주의다. 사실 경찰도 처음 애가 엄마를 산탄총으로 쏴 죽였다고 믿지 않고, 여자의 남편을 의심했다.
그런데 알리바이가 완벽해서 용의선상에서 제외시켰다.
그리고 경찰의 입장에서는 총기 관리가 미흡해서 생긴 일이라 빨리 처리하고 싶었다. 게다가 결정적으로 이충모의 옷소매에서 화약 반응이 나왔다. 이충모 역시 자신이 장난감 총인 줄 알고 쐈다고 진술했기에 그걸로 사건을 마무리했다. 그런데 언론이 총기 관리 미흡이라고 연일 뉴스를 하고 있고 인터넷이 의혹을 제기해서 이렇게 검찰이 등 떠밀려서 수사를 하고 있는 상황이다.
"없죠?"
"…네. 하지만 분명 그 새끼가 죽였습니다."
"심증만으로는 해결이 안 됩니다."
"충모를 만나시면 의심스러울 겁니다."
"흑흑! 우리 충모가 엄마 죽인 죄인으로 살면 너무 아파요. 아파!"
피해자의 동생이 닭똥 같은 눈물을 뚝뚝 흘렸다.
"예, 제가 더 철저하게 조사하겠습니다."

나는 그렇게 말하고 베트남 여자와 남자를 봤다.

그런데 신기한 것은 여자의 선악의 저울은 그대로인데 남자의 선악의 저울이 악으로 더 많이 기울어졌다.

'…이건 뭐지?'

요즘 나는 선악의 저울은 모든 행동을 수치로 표현하는 것이 아닐까 하고 생각한다. 이번 행동이 악으로 규정될 무엇인가가 이루어졌다는 의미이다. 하지만 지금은 그게 뭔지 모르겠다.

'뭔가 있기는 한데.'

내 촉이 이번 사건이 단순 총기 오발 사건이 아니라고 한다.

"흑흑흑! 꼭 우리 언니가 죽어서 충모… 충모 걱정 안 하게 해 주세요."

"알겠습니다."

그렇게 두 민원인은 내게 새로운 의혹은 제기하고 떠났다.

물론 아무런 증거도 없다. 하지만 그들은 피해자의 남편을 살인자로 지목했다. 한데 죽은 피해자의 남편 알리바이는 완벽했다.

'알리바이는 확실한데…….'

어느 순간 나도 모르게 범인이 남편일지 모른다고 생각하고 수사를 하고 있었다.

이런 수사 방법은 좋지 않은데 말이다.

'100명의 범죄자를 잡는 것보다 한 명의 무고한 시민을 범죄자로 만들지 말자.'

나도 모르게 지그시 입술을 깨물었다.

*　　　*　　　*

내 책상 앞에 이충모가 잔뜩 겁먹은 표정으로 앉아 있다. 그리고 조명득은 자기 자리로 돌아가 서류를 살피고 있다.

'열 살치고는 꽤나 몸집이 크네.'

사실 내가 의혹을 제기한 것은 열 살짜리 소년이 무거운 산탄총을 들고 조준할 수 있을까 하는 생각 때문이었다. 그런데 이충모를 보자 충분히 산탄총을 들 수 있을 거라는 생각이 들었다.

이러면 내 추측이 물거품이 된다.

'애라서 그런가? 선악의 저울 수치가 선이 89나 되네.'

아이는 천사라는 말이 있다. 그런 의미인 것 같다.

하지만 선악의 저울이 나이까지 고려해서 수치화하는 것은 아닐 수도 있다는 생각이 들었다.

죄악은 죄악이니까.

하지만 이 역시도 확인해 볼 필요가 있었다. 다른 아이들의 선악의 수치를 확인하면 알 수 있는 부분이다. 만약 다른 아이들의 수치도 그와 비슷하게 나온다면 나이가 고려된 수치일 것이다.

"여기까지 오느라 힘들었지? 사탕 먹을래?"

"……."

내 물음에 아무 말도 없이 이충모는 고개를 푹 숙이고 있다. 사람들은 아이가 아무것도 모를 거라고 생각하지만, 변해 버린 사람들의 시선을 아는 것이다. 그리고 말은 안 했지만 자신이 아주 큰 죄를 지었다는 것도 알고 있는 것 같다. 열 살이니 최소한 자신이 총으로 엄마를 쏴서 죽였다는 것 정도는 인식할 것 같다.

"여기가 무서워?"

"……."

"아저씨가 무서운 사람 같니?"

그냥 조폭이나 범죄자라면 강압적인 어투로 조사하면 되지만 아무것도 모르는 아이에게는 그러면 안 된다.

'말문을 열지 않으면 아무것도 못하는데…….'

이래서 조사가 쉽지 않구나 하는 생각이 든다.

"조 조사관! 부탁한 건?"

"예, 검사님! 가지고 왔습니다."

조명득은 다른 사무직 직원들이 있을 때는 내게 깍듯하게 대한다. 대답을 한 조명득이 책상 옆에 세워둔 산탄총을 들고 내게로 왔다. 그리고 이충모가 힐끗 산탄총을 보며 부르르 떨었다.

그때의 기억이 떠오르는 모양이다.

'애한테 몹쓸 짓이네.'

마음이 무겁다. 하지만 시험해 봐야 한다. 가장 간단한 것부터 접근해 이충모가 저 산탄총을 얼마나 들고 있을 수 있는지 확인해야 한다.

그래야 다음 조사로 진행될 것이다.

"왜, 무서워?"

"그, 그게……."

이제야 더듬거리며 이충모가 말을 했다.

"이거 들 수 있어?"

"그, 그게… 엄마를 제, 제가 죽였어요."

겁을 먹어서 말을 더듬는 것 같다.

"아니, 아저씨는 그게 궁금해서 부른 것이 아니고, 이걸 충모가 들 수 있는지가 궁금해서."

조금 이상했다. 묻지도 않았는데 이충모는 자신이 엄마를 죽였다고 말하며 떨었다. 마치 세뇌를 당한 것처럼.

"들, 들어야 해요?"

"들 수 있을까? 이것만 들면 아저씨가 다시 보내줄게."

"정, 정말… 정말요?"

두려워서 더듬는 것 같진 않다. 그냥 말을 더듬는 것 같다.

'발달 장애가 있나?'

보통 말을 더듬는 아이는 발달 장애가 있다. 그리고 충모도 정말 그런지 확인해 볼 필요가 있을 것 같다. 지금은 무엇이든 의심해야 한다. 그리고 무엇이든 생각해야 했다.

"응. 이거 들어주면 고맙겠네."

"응."

이 충모는 예라고 하지 않고 응이라고 말했다.

보통 네 살만 되어도 어른들에게 예라고 대답한다. 그런데 응이란다.

확실히 발달장해가 의심된다. 그리고 그런 발달 장애가 있는 아동들은 어떤 것에 집착하는 경우가 많다. 그게 장난감 총이라면 이충모가 집에 방치된 총을 장난감 총인 줄 알고 쏠 수도 있을 것이다.

"여기!"

내가 이충모에게 산탄총을 무거운 척하며 들어 건네자 이충모는 총을 받아 내게 겨눴다.

'드네.'

조준까지는 아니지만 너끈하게 들었다.

'이거 일이 꼬이는데…….'

만약 이충모가 힘겹게 산탄총을 들었다면 남편을 의심했을 것이다. 그런데 가뿐히 산탄총을 허리에 차고 내게 겨눴다. 이대로 발사만 하면 바로 앞에 있는 나는 죽게 될 것이다.

'손가락이 방아쇠 안에 들어가 있네.'

이건 좀 의외다.

갓 입대한 군인들도 손가락을 방아쇠 안에 넣지 않는다. 버릇이 안 된 것이다. 즉각 사격에 대한 버릇 말이다.

물론 그게 버릇이 되면 각종 오발 사고의 원인이 된다.

"…무거워요."

내가 이런저런 생각을 하는 동안 이충모는 계속 총을 들고 있었다.

"고마워!"

나는 이충모에게 총을 받아 옆에 놓았다.

이제부터는 수많은 가설을 만들어야 한다.

분명한 것은 총기사고라는 것이다.

"충모야. 아저씨가 뭐 하나만 다시 한 번 물어볼게."

"응."

내가 잠시 말을 멈추고 뚫어지게 이충모를 보자 이충모는 내 시선을 피했다.

"나를 봐. 아저씨 눈을 봐."

"응."

이충모가 다시 나를 봤다.

"아빠가 엄마를 쏘라고 시켰니?"

내 말에 이충모가 잠시 나를 봤다.

"아니요. 아빠, 없었어요."

"정말?"

"응."

이건 일관된 증언이다. 그 어디에서도 아빠에 대한 의심스러운 부분은 없었다.

"조 조사관! 이충모 어린이, 다시 보호소로 보내줘요."

"예, 검사님."

"아저씨!"

그때 이충모가 나를 불렀다.

"왜?"

이충모가 처음으로 나를 먼저 불렀다. 그래서 나는 혹시나 하는 마음에 이충모를 봤다.

"저 총, 나 주면 안 돼요?"

"뭐?"

"저, 총 가지고 싶어요."

나는 조명득에게 이충모가 쏜 산탄총과 똑같은 총을 가지고 오라고 지시했다. 그리고 지금 이충모는 저 무거운 산탄총을 자기에게 달라고 내게 조르고 있다.

"줄까?"

"응. 아빠가 내 총 버렸어요."

이충모의 말에 나도 모르게 입술을 깨물었다.

접점 하나를 찾은 것이다. 그리고 이번 사건은 그냥 단순 총기 오발 사건이 아니라는 확신이 생겼다.

"아빠가 총을 버렸어?"

"응. 아빠가 사줬는데, 재미있었는데 버렸어."

사줬는데 버렸다. 뭔가 이상했다.

"이거랑 똑같니?"

"응!"

또 하나의 접점이다. 그리고 이 순간부터 이충모의 아빠가 내 용의선상에 올랐다. 이건 표적을 만들고 수사하는 것이 아니다. 반드시 확인해 봐야 할 문제가 된 것이다.

"이건 무거워서 안 돼. 그리고 아저씨 것도 아니거든."

"으아아앙!"

그러자 이충모가 울음을 터뜨렸다.

"아저씨가 좋은 총으로 하나 사줄게."

애가 울어서 난처했는데, 그때 조명득이 나섰다.

"정말?"

"그래."

"좋아, 좋아!"

이충모는 바로 웃었다.

"조 조사관, 충모를 데려다 줘. 총기도 반납하고."

"예, 검사님!"

하여튼 수사를 진행시킬 접점 하나를 분명 찾았다.

제4장

범행 동기를 찾아야 한다

그렇게 조명득과 함께 이충모는 보호시설로 돌아갔다.

회전의자를 돌리고 지그시 눈을 감고는 친족이 친족을 살인할 때 필요한 조건이 뭘까 생각했다.

보통 친족 살인은 우발적인 경우가 대부분이다. 매 맞는 아내가 우발적으로 남편을 살해하는 경우가 그에 속한다.

'비슷한 사건에서의 범인은 애처가였어.'

이 경우는 외국인 신분의 피의자가 아들에 의해 죽은 사건이다. 다른 케이스로는 보험금을 노리는 살인이 있다. 사실 어떤 면에서 우발적인 살인보다 그렇게 보험금을 노리거나 재산을 노리는 사건이 더 많을지도 모른다.

'거기에 포커스를 맞춰야겠군.'

요즘 생명보험은 모두 하나씩은 드니까.

그리고 촉법소년이 저지른 범죄이기에 보험금은 수령이 가능할지도 모른다는 생각이 들었다. 그렇다면 보험금 현황을 살펴보면 된다. 하지만 가슴이 아프다. 저 아이가 처해질 상태가, 그리고 커서 기억될 이 많은 것에 의해 고통 속에서 살아야 하니까.

'산탄총과 똑같은 모델이 있을까?'

이것이 바로 접점이다. 그리고 이충모는 아이이기 때문인지 선악의 저울에서 선이 88이나 됐다.

'피해자에게 재산이 있다면? 그것도 아니면 가정불화가 있던가.'

자꾸 나는 이충모의 부친이 이번 사건에 개입되어 있다는 생각을 떨칠 수가 없었다.

'만약에 모든 상황이 조작해 놓은 거라면…….'

그럼 치밀한 살인 교사로 볼 수도 있다. 하지만 직접적으로 지시한 것이 아니니 살인 교사가 될 수 없을 것이다.

'그런 것까지 생각했을까?'

이충모의 부친을 용의자로 정한다면, 내가 생각하고 있는 이 추론을 실행에 옮겼다면 그는 정말 치밀한 존재이다. 그리고 그 가정대로 추론하자면 사건 동기를 찾아야 한다. 그리고 이충모의 선악의 저울이 나이와 관계가 있는 것인지 알아야 했다.

퍽!

"으윽!"

고민에 싸여 있는데 누군가 뒤에서 내 뒤통수를 쳤다.

"뭐야?"

"나야!"

급하게 일어서는 순간 부장 검사님이 나를 째려보고 계시다.

“사건 맡겼더니 놀고 있네.”

“부장님, 논다니요. 좀 생각할 것이 있어서 그랬습니다. 그리고 이 사건, 좀 더 수사를 해봐도 되겠습니까?”

“좀 더? 공소권도 없는데 수사할 것이 더 있어?”

“걸리는 부분이 있어서요.”

“뭐, 여론이 잠잠해질 때까지는 계속 붙잡고 있어야지.”

“감사합니다.”

“감사는 무슨. 그리고 이거 받아.”

부장 검사님의 손에는 꽤 많은 사건 서류가 들려 있다.

“뭡니까?”

나는 바로 부장 검사님이 들고 있는 사건 서류를 받아 들었다.

“나랏돈 받아먹고 꽁으로 놀면 안 되잖아.”

“…예?”

“사건이다. 이제 시작하는 거라서 몇 개만 가지고 왔다. 슬슬 네 몫을 해야 선배들이 숨을 좀 돌리지.”

결국 시작과 동시에 사건에 매몰될 것 같다.

서류는 총 8개였는데, 그럼 8개의 사건이 내게 주어진 것이다.

“촉법소년 사건은 조사하는 시늉만 하면 된다. 처벌도 못하는데 기운 빼지 말고.”

“저… 그게요.”

“그게 뭐?”

“저는 이번 사건이 단순한 총기 오발 사건이 아니라는 생각이 듭니다.”

"아니면?"

"살인 교사인 것 같습니다."

"살인 교사? 누가 시켰는데? 설마 이 이충모라는 애 아버지가 이충모에게 시켰다는 거야?"

"그런 증거는 없습니다."

"증거도 없는데 왜 추측을 해?"

살짝 눈빛이 사납게 변했다.

"심증이 있습니다."

"네가 무슨 선무당이야?"

부장님이 내게 버럭 소리를 질렀다.

"예?"

"생사람 잡지 말라고! 내가 너한테 범죄자 100명 잡아오라는 소리는 안 한다. 이제 겨우 검사 된 놈이니까 그렇게 잡지도 못 한다. 하지만 공명심에 무고한 시민 하나를 범죄자로 만들면 그건 검사가 지옥 갈 일이다. 그리고!"

"……."

"대한민국은 증거원칙주의다."

"예, 알겠습니다."

툭툭!

"하지만 다각도로 수사는 해봐. 이것들도 확인하고."

"예, 부장님!"

당근과 채찍을 잘 쓰시는 부장 검사님이시다.

이분을 볼 때마다 쌤이 떠오른다.

'잘 계실까?'

저번 스승의 날에도 바빠서 찾아뵙지 못했다.

"사건이 많네요."

"네 선배들은 더 많아. 검사질 하면 일복만 터진다고 네 선배들이 말 안 하든?"

"했죠."

"그러니 일이라도 하라고."

"예, 부장님!"

"증거를 찾아. 증거가 있어야 해. 시체가 없으면 살인도 없다."

이것이 증거원칙주의의 핵심이다. 살인을 해도 시체를 찾지 못하면 그 살인을 입증하기 쉽지 않다. 사람을 죽이는 모습을 여럿이 보지 않고서는 살인죄로 처벌 받기 힘든 곳이 대한민국이다.

"예, 부장님!"

부장님이 나가셨고, 나는 다시 고민에 빠졌다.

'증거를 찾을 수 있을까?'

사실 사건 동기도 찾지 못했다. 사건 동기가 없고 경찰 조사 서류를 보니 보험금을 노린 우발적인 사건에 포커스를 맞췄다가 포기했다. 게다가 어디에도 보험을 가입하지 않았다.

거액의 보험금이라도 수령했다면 이충모의 부친을 용의선상에 놓고 의심할 수 있는데 너무나 깨끗했다.

"뭘 그렇게 고민하노?"

직원들이 다 퇴근한 후 조명득이 돌아왔고, 사람이 없으니 내게 반말을 찍찍 했다.

"친족이 친족을 죽이는 것은 어떤 이유 때문일까?"

내 물음에 조명득이 나를 잠시 봤다.
"소주 한잔할래? 퇴근 시간도 지났는데."
"그러지, 뭐."
머리가 복잡할 때는 소주도 괜찮다.

"캬~ 이 맛이지."
삼겹살이 익고 있고 조명득의 너스레가 늘어졌다.
하지만 나는 온통 사건 동기를 찾을 방안을 생각하고 있었다.
"술 받아놓고 제사 지내나?"
"친족이 친족을 죽이는 경우는 우발적인 사고와 원한 관계, 그리고 금전적 관계 말고 뭐가 더 있을까?"
내 물음에 조명득이 잠시 나를 봤다.
"귀찮아서."
"뭐?"
"그냥 귀찮아서도 이유가 되고, 가여워서도 이유가 되제."
조명득이 엉뚱한 말을 하고 소주를 들이켰다.
"카~"
그리고 잠시 뭔가를 생각하는지 멍해졌다.

"으으윽! 아아악!"
추운 겨울 거지 한 명이 마산 굴다리 아래에서 비명보다 더한 신음 소리를 토해내고 있다.
"쿨럭쿨럭!"
기침을 할 때마다 피가 튀어나왔고, 그 옆에 있는 거지의 새끼는 그런 거지를 가여운 눈으로 보고 있다.

기침을 할 때마다 피가 나오는 것을 보니 먹지 못해 폐병이 악화된 것 같고 당뇨도 있는지 다리는 이미 썩어가고 있었다.

"으으윽! 이, 이거… 이거라도……."

그렇게 고통에 겨워하던 거지가 자기 아들에게 빵 봉지 하나를 내밀었다.

"나 먹어?"

거지는 잔득 찌푸린 얼굴로 고개를 끄덕였다.

"아냐, 아빠 먹어."

거지의 새끼는 어린 명득이었다.

"먹, 먹어……."

"아빠는 왜 이렇게 살아?"

조명득의 눈에 눈물이 글썽였다.

"미, 미안해. 불, 불쌍한 내… 미안해."

그는 어눌한 말투로 그저 미안하다는 말만 했다.

거지는 죽어가고 있었다. 그러면서도 자식을 남에게 빼앗기지 않겠다는 마음으로 도망치고 있었다.

"아빠……."

어린 조명득은 주머니에서 뭔가를 꺼냈다.

그리고 한참이나 그걸 보다가 다시 주머니 속에 넣었다.

"으으윽! 아아악!"

썩어가는 다리 때문에 고통스러운지 거지가 비명을 질렀다.

조명득은 지그시 입술을 깨물었다. 그리고 주머니 속에 넣은 것을 다시 꺼냈다.

"물… 가지고 올게."

추운 겨울 굴다리 아래이기에 마실 수 있는 물은 없지만 그렇다고 해서 조명득과 거지가 마시지 못할 물도 없었다.

조명득은 작은 병에 물을 떠서 가지고 있던 약을 넣었다. 그리고 물병을 흔들고 나서 비명을 지르고 있는 아빠에게 가지고 갔다.

이렇게 거칠게 비명을 지르고 있는데, 굴다리 위를 지나는 사람들은 아무도 관심을 보이지 않았다. 조명득도 그런 사람들을 원망하지 않았다.

너무나 익숙한 일이니까.

하지만 이 순간 딱 두 사람이 떠올랐다.

박동철과 그의 아버지.

다시 볼 수는 없겠지만 그 두 사람이 떠오르는 조명득이었다.

"아빠!"

"쿨럭! 쿨러어억!"

다시 한 번 피를 토하며 거칠게 기침을 했다.

"이거 먹어."

"으으으……."

굴다리에서 떠온 물이라도 아빠는 마다하지 않고 받았다.

하지만 조명득이 잡고 있는 병을 놓지 못했다.

"명, 명득아!"

"……."

"미안… 미안해."

"아, 아빠!"

조명득의 부친은 조명득이 들고 있는 병을 빼앗듯이 잡고 마셨다.

"아아악! 갸아아악!"
병에 든 것을 마신 조명득의 아빠는 게거품을 물고 버둥거렸다.
그리고 잠시 후.
아무 미동도 없었다.
"아빠… 미안해."
순간 주르륵 어린 조명득의 눈에서 눈물이 흘렀다.

"뭔 생각 하냐?"
"아빠 생각."
"뭐 하시는데?"
그러고 보니 조명득의 아버지를 본 적이 없다.
은희의 사건이 터질 때도 조명득의 아버지는 오시지 않았다.
"…니는 참 나한테 무심하네."
"뭐?"
"내, 고아다."
쿵!
나도 모르게 심장이 내려앉는 느낌이 들었다.
"명, 명득아……."
"미안하제?"
"…미안."
"나중에 우리 아부지 한번 보러 가자. 니 보고 싶어 하실 기다."
"그래, 그러자."
"마시라. 청승은 그만 떨자."
조명득이 단숨에 소주를 들이켰다.

"캬!"

나도 소주를 마셨다. 오늘 따라, 아니, 조명득이 고아였다는 사실을 알고 나니 소주가 무척이나 썼다.

'내가 너무 무심했다.'

그리고 조명득에게 미안했다.

"아버지 제사는 언제고?"

"얼마 안 남았다."

"이번에는 제사상 꼭 같이 차려드리자."

"고맙다."

조명득이 나를 보며 미소를 보였다.

"친구 아이가, 친구!"

"그래, 니는 내 친구고, 내 가족이고, 내 버팀목이다."

"또 그 소리다."

"동철아! 친족이 친족을 죽이는 데는 이유가 있다."

다시 사건 이야기로 넘어갔다.

"그렇겠지. 처음에는 보험금을 노린 사건이 아닐까 했는데……."

"애 아버지가 범인이라는 생각이 드나?"

"자꾸 그런 생각이 드네."

"그럼 파 봐야지."

"보험에 가입한 것이 없다."

"내가 탐문 수사라도 해볼게."

"해야지. 너는 내 유능한 수사관이잖아. 그리고 그 산탄총이랑 똑같이 생긴 장난감 총이 있는지도 확인 좀 해봐라."

"알았다."

아무리 생각해도 이충모의 부친이 이충모가 가지고 놀던 총을 바꿔치기한 것 같다. 하지만 증거가 없다. 그게 문제다. 그러니 사건 동기를 찾아야 한다. 그럼 수사망은 좁혀질 것 같다.

*　　　*　　　*

농협중앙회 본점 앞.

남자 하나가 이른 아침부터 주변을 살피고 있다.

그리고 물끄러미 농협중앙회 본점 건물을 보고 씩 웃었다.

사람들이 농협중앙회 본점으로 들어가자 그는 돌아섰다.

"잠잠해지면……."

그렇게 중얼거리다가 자신의 가슴을 쓰다듬듯 만졌다.

"크흐흐! 키히힛!"

어느 유치원 앞.

나는 이충모의 선악의 저울이 나이와 연관이 있는지 확인하기 위해 유치원 앞에서 등원하는 아이들을 기다리고 있었다. 담배를 꺼냈지만 스쿨 존이라 양심상 피우지 않고 들고만 있었다.

스르륵!

그때 등원을 돕는 유치원 노란 미니버스가 유치원 앞에 섰고, 아이들이 하나둘 내렸다.

47—53

55—45

52—48

버스에서 내리는 아이들은 각각 수치가 달랐지만 대체적으로 50에서 균형을 이루고 있었다. 이충모의 수치는 88—12였다. 그렇다면 선악의 저울의 수치는 나이와 관계가 없다는 말이다.

'그럼 이충모는 도대체 뭐지?'

점점 더 이해가 안 되는 순간이다.

조명득은 내가 지시한 것을 찾기 위해 출근하자마자 밖으로 나갔다가 오후 늦게 돌아왔다.

"검사님, 이거."

"이건?"

"신기하게 똑같은 것이 있네요."

조명득의 말에 나도 모르게 인상이 찡그려졌다.

하여튼 증거 하나를 찾았다.

"회의를 합시다."

내게 배정된 수사관은 총 다섯 명이다. 그리고 동원할 수 있는 수사관은 사건에 따라서 달라진다.

"예, 검사님!"

모처럼 회의실에서 사건 수사 회의를 진행했다. 아니, 처음이다. 지금까지 내게 주어진 사건이 없었기 때문이다. 그리고 공소권 없는 사건이기에 다른 팀의 파견 요청을 받은 수사관들은 소집하지 않았다.

검사가 논다고 수사관까지 놀게 할 수는 없으니까.

"영등포 총기 오발 사건, 지금부터 은밀하게 다시 수사합니다."

내 말에 수사관들이 황당한 표정을 지었다.

"촉법소년 사건이지 않습니까? 공소권이 없습니다. 슬슬 여론도 잠잠해지고 있는데……."

수사관 하나가 처벌도 할 수 없는 사건을 왜 다시 수사하느냐는 투로 내게 물었다.

"이번 사건은 비지시형 살인 교사 사건입니다."

"예?"

비지시형 살인 교사라는 죄목은 없다. 살인 교사라는 것은 명확하게 누군가가 누군가에게 살인을 지시해야 하고, 그래야 범죄가 성립된다. 정확하게 말하면 범죄를 일으키라고 구체적인 고의를 가지고 타인에게 돈을 주거나 실행에 옮기도록 유도하는 모든 형태의 행위를 말한다.

결국 이충모의 아버지가 이충모에게 지시하지 않았다고 해도 그런 상황을 만들어내는 것은 일종의 살인 교사죄가 성립될 수도 있다.

"그런 범죄 죄명도 있습니까?"

"그렇게 상황을 유도하는 겁니다."

내 말에 조사관들이 난색을 표했다.

"지금까지 증거가 아무것도 없습니다. 정황 증거로는 처벌할 수 없습니다."

"그렇습니다. 정황 증거로는 처벌이 어렵죠."

맞는 말이다. 대한민국은 증거원칙주의니까. 아마도 완벽한 증거를 찾지 못하면 처벌할 수 없을 것이다. 하지만 꼭 밝혀내고 싶다. 이건 분명한 범죄니까. 그리고 내가 담당한 첫 사건이니까.

"그런데 검사님, 왜 그렇게 생각하셨습니까?"

"여기 두 자루의 산탄총이 있습니다.

나는 조명득에게 장난감 총과 진짜 산탄총을 가지고 오라고 했다.

"구분하실 수 있겠습니까?"

꽤나 정교한 장난감 총이기에 자세하게 보지 않는다면 진짜인지 가짜인지 구분할 수 없을 것이다. 그리고 이것이 또 하나의 이유다.

내가 아는 이충모의 가정은 그렇게 부유한 편이 아니었다. 그런데 아이가 총을 좋아한다고 수십만 원이나 하는 이 장난감 총을 사준다는 것은 쉬운 일은 아니기에 더욱 의심스러웠다.

"예?"

"하나는 실제 산탄총이고, 하나는 모형입니다."

"진짭니까? 구분이 안 되네요."

"조 조사관! 이충모 어린이의 발달 상태 확인하셨죠?"

"예, 검사님!"

조명득이 살짝 인상을 찡그렸다. 똑같은 장난감 총을 확인한 후 나는 조명득에게 수많은 지시를 내렸다.

"어떤 상태입니까?"

"발달 장애 증상이 있으며, 특정 물건에 대한 집착을 보이는 증상이 있다고 합니다."

이건 사건이 일어난 후 정신과 전문의의 진단이다.

조명득의 말에 수사관들의 인상이 살짝 굳어졌다. 저들도 이제야 심증이 가는 것이다. 하지만 그들 역시 증거를 찾기는 쉽지 않다는 눈빛이다.

"…이걸로는 확실한 증거가 될 수 없습니다."

베테랑 수사관이 내게 말했다.

"그렇죠. 이제부터 확실한 증거를 찾아보는 겁니다."

"그래도……."

"이충모가 억울하다는 것은 밝혀줘야 하지 않겠습니까. 도구로 쓰인 겁니다, 이충모는!"

"검사님."

그때 수사관 하나가 나를 불렀다.

"예, 오 수사관."

"범행 동기가 없습니다. 저도 뉴스에서 하도 때려서 관심 있게 봤는데, 피해자의 남편이 범행을 저지를 만한 동기가 없었습니다. 보통 친족 살인이라면 보험금을 노리거나 우발적인 살인이 대부분인데 보험 하나 들어놓은 것이 없었습니다."

"동기 없는 범죄는 없습니다. 숨겨진 동기가 있을 겁니다."

"그럼 이제 어떻게 할까요?"

"조 수사관."

"예, 검사님."

"조 수사관은 은밀히 피해자의 남편, 아니, 이제는 용의자인 조득출의 주변에 잠복해서 일거수일투족을 확인하세요."

"…예."

꼭 귀찮고 따분한 것은 자기를 시킨다는 표정이다. 하지만 주변에 사람들이 많으니 대놓고 불만을 토로할 수도 없다.

"경찰에 협조 요청할까요?"

"철저하게 범행 동기를 찾을 때까지 내사만 진행합니다."

"…예, 그럼 정보원을 이용해도 되겠습니까?"

진짜 하기 싫은 모양이다.

"그렇게 하세요. 오 수사관님! 피해자 주변 탐문 수사를 해주십시오. 평범한 가정은 아닐 거라고 판단됩니다. 가정불화도 있을 수 있고요. 분명 다각도로 조사가 필요할 것 같습니다."

"예, 알겠습니다."

"그리고 금감원에 연락해서 조득출의 금융 정보 조회를 요청해 주십시오."

"금융 정보 조회까지요? …이거 될지 모르겠네요."

경찰이 찾았지만 범행 동기를 찾지 못했다. 하지만 아무리 생각해도 아들을 이용해서 아내를 죽일 이유는 돈밖에는 없었다.

"예, 부탁드리겠습니다. 저는 확실하게 조득출이 아내를 아들을 이용해 살인한 것으로 생각됩니다."

"증거가 있어야죠."

"이제부터 그 증거를 찾을 겁니다."

내 말에 조명득을 제외한 나머지 수사관들이 꼴통이라고 보는 것 같다. 사실 이제는 이것 말고도 처리해야 할 사건이 많았다. 내게 떨어진 사건이 여덟 개나 되니까.

"검사님!"

"그럼 사건번호 189번은 어떻게 하죠?"

여 사무관이 내게 물었다.

"189번은 강간 사건이죠?"

"예, 그렇습니다. 사실 오늘 피해자 심문이 있습니다."

"그건 제가 직접 하겠습니다."

"알겠습니다."

"뭐든 피해자와 용의자 조득출에 대해서는 사소한 하나라도 놓치지 말고 조사해 주십시오."

"그럼 저는 피해자 친척들을 다시 만나보겠습니다."

"예, 바쁘게 움직여 봅시다."

"증거 잡기 어려운데……."

여전히 수사관들은 회의적인 반응을 보이고 있다.

하지만 검사가 시키니 할 수밖에 없다. 검사가 지시하면 수사관과 경찰들은 수사를 하고 움직여야 하니까.

'확실한 범행 동기만 찾으면 돼.'

*　　　*　　　*

영등포의 다세대 주택.

"없어요. 그거만 빠졌어요."

박동철이 조사하고 있는 사건의 피해자 동생인 베트남 여자가 어눌한 목소리로 뭔가를 뒤진 후 남편에게 말했다.

"확실하게 없어?"

"없어요."

"이렇게 많이 사 모았는데 없단 말이지? 안 샀을 리는 없는데."

"맞아요. 저한테도 고향에 가자고 했……."

말을 하다가 남편의 눈치를 본다.

"나 버리고?"

"같이 가자고 했어요."

"그러니까. 그거 찾아야 해. 처형 죽인 놈만 배불리 살게 둘 수는 없어."

중년의 남자는 그렇게 중얼거리며 박동철의 얼굴을 떠올렸다.

"정말 있을까요?"

"있어. 처형은… 하여튼 독한 새끼! 아직도 안 찾고 있네. 나라면 벌써 찾았을 텐데……."

중년의 남자가 인상을 찡그렸다.

"이거 보여주고 찾아달라고 하면 안 될까요?"

베트남 여자가 묵직한 연습장을 들어 보였다.

"그 검사한테?"

"예."

중년의 남자 역시 뚫어지게 묵직한 연습장을 봤다.

"그래, 그 망할 살인자 새끼만 좋은 일 시킬 수는 없지."

* * *

오 수사관은 피해자의 사진을 들고 탐문 수사를 시작했다.

"이게 뭐 하는 짓인지 모르겠네. 쩝!"

수사를 시작했지만 증거를 찾고 박동철이 지목한 용의자를 처벌하는 일은 쉽지 않다는 생각을 하고 있었다. 누가 뭐라고 해도 방아쇠를 당긴 것은 촉법소년인 이충모니까.

"꼭 신입은 첫 사건에 꽂힌다니까. 나중엔 유들유들해지겠지."

오 수사관이 피식 웃었다.

"저기, 혹시 이 여자 아십니까?"

오 수사관은 피해자가 살던 곳 주변에서 탐문을 시작했다.

"앙티아네요?"

아줌마 하나가 죽은 피해자를 알아봤다.

"혹시 아시는 것이 있으면 무엇이든 상관이 없으니 말씀해 주십시오."

"특별한 건 없는데… 그러니까 남편이랑 자주 싸웠어요."

원래 아줌마들이 그렇다. 특별한 것이 없다고 하면서 말문을 열면 끝이 없다.

"남편이랑 자주 싸웠습니까?"

"예, 사실 남편이 좀 밝혀요. 호호호!"

"예?"

"그거 있잖아요. 호호호! 밤에……."

아줌마가 야릇한 미소를 보였다.

"아~"

"앙티아는 잘 안 하려고 하고, 남자는 계속 하려고 하고. 그래서 하네, 못 하네 매일 싸웠죠. 이 동네 사람들은 다 알아요."

"아, 그렇군요."

"예, 원래 앙티아의 남편이 특별한 직업이 없고 밀렵… 아, 이런 거 제가 말했다고 하면 안 돼요?"

"당연하죠. 계속 말씀해 주십시오."

"목도 칼칼하고……."

"음료수라도 한 잔 하시겠습니까?"

"호호호! 그래도 될까요?"

슈퍼마켓 앞.
말이 슈퍼마켓이지 동네 구멍가게다.
"이런 가게에도 로또 기계가 있네요."
오 수사관은 로또 기계를 보고 이번 주 로또를 사지 않았다는 생각에 지갑을 꺼냈다.
"자동으로 만 원 어치요."
"아 참, 앙티아가 로또 귀신이었어요."
음료수를 마시다가 아줌마가 뭔가 생각나는지 오 수사관에게 말했다.
"로또 귀신이라고요?"
"매주 여기서 로또를 샀어요. 그치?"
"그렇지. 시집 온 후부터 매일 똑같은 번호를 샀지. 아마 로또 생긴 후부터 계속 샀을걸."
슈퍼마켓 아줌마도 앙티아를 아는 듯했다.
"계속이라고 하셨습니까?"
"예, 매주 샀어요."
순간 오 수사관의 촉이 움직이기 시작했다.
'이게 범행 동기인가?'
그리고 바로 주머니에서 핸드폰을 꺼냈다.
따르릉! 따르릉!
오 수사관은 바로 박동철에게 전화를 걸었다.

검찰청 박동철의 사무실.

"이게 뭐죠?"

민원을 넣은 피해자의 동생과 남편이 다시 와서 내게 묵직한 연습장을 내밀었다.

"수사에 도움이 될 것 같아서 가지고 왔습니다."

"로또네요?"

묵직한 연습장을 넘기는 순간 연습장에 붙은 로또 영수증이 보였다.

'똑같은 번호네.'

몇 장을 더 넘겨봤다.

"처음부터 끝까지 똑같은 번호입니다."

중년의 남자가 내게 말했다.

'이게 범행 동기란 말이지?'

실마리 하나가 풀리는 기분이다.

따르릉~ 따르릉~

그때 내 핸드폰이 울렸다.

"예, 오 수사관님."

—범행 동기가 로또 같습니다.

"예?"

나는 다시 연습장을 봤다.

똑같은 번호로 붙어 있다. 만약 피의자인 앙티아가 매주 같은 번호로 로또를 샀고, 그중에 한 장이 로또 1등에 당첨되었다면 조득출의 범행 동기로 충분하다.

—피해자가 매주 로또를 샀다고 합니다.

"중요한 정보를 찾으셨군요. 역시 오 수사관님이십니다. 저는 머리가 터지는 줄 알았는데 역시 베테랑이십니다."

칭찬은 돈이 안 들면서도 고래도 춤추게 한다.

—하하하! 감사합니다. 좀 더 구체적으로 확인하고 복귀하겠습니다.

"아닙니다. 바로 퇴근하십시오. 오늘 사모님 생일이시죠?"

—예?

까먹은 것 같다. 이래서 수사관과 경찰들이 마누라한테 대우를 못 받는 거다.

"오늘입니다. 제가 케이크랑 꽃다발 보냈습니다."

자기 사람 챙기는 방법은 여러 가지지만 내 장점을 최대한 이용해 기억하고 있는 부하 직원의 경조사를 챙기는 것도 한 방법일 것이다.

—거, 검사님!

오 수사관의 목소리가 떨리고 있다.

"우시면 안 됩니다. 하하하!"

—모처럼 마누라한테 욕 안 먹겠습니다. 고맙습니다.

"오늘은 정시에 바로 퇴근하십시오."

—감사합니다!

그렇게 전화 통화가 끝이 났다. 그리고 나는 바로 다시 묵직한 연습장을 보 지시했다.

"최 사무관. 이 연습장에 있는 로또번호 확인해서 1등에서 2등에 당첨된 것이 있는지 확인해 주세요."

내가 최 사무관에게 지시하자 중년의 남자가 씩 웃었다. 그리고 다시 내가 자신을 보자 표정이 담담해진다.

"그런데 검사님, 로또는 찾을 수 있을까요?"

중년의 남자 선악의 저울이 악 쪽으로 기울어져 있는 이유가 바로 이것이었다. 처형이 불쌍해서 민원을 넣은 것이 아니라 결국 돈 때문이었다.

'결국 모든 범죄는 돈과 연결되어 있군.'

나도 모르게 인상이 찡그려졌다. 결국 돈이 악마다. 하지만 저게 사람일 것이다. 그래서 사람이고.

'로또를 맞았다면 좋아할 일인데 왜 죽였을까?'

아마도 가정불화가 있었을 것이다.

그게 아니면 죽일 필요까지는 없을 것이다.

'외국, 외국인… 귀국? 그리고 이혼!'

그거다. 그래서 이충모를 이용해 죽인 것이다.

이제 범행 동기도 찾았다. 하지만 완벽한 범행 동기를 찾기 위해서는 조득출이 로또 1등 당첨금을 수령해야 한다.

그리고 그 로또가 자신이 산 것이 아니라 피해자인 앙티아라는 여자가 샀다는 것을 증명해야 한다. 그래도 아들을 이용한 차도살인을 저질렀다는 증거를 찾기 쉽지 않다.

아니, 영영 못 찾을 수도 있다.

'결국 첩첩산중이네.'

어쩌면 살인자는 있어도 처벌을 못 하는 상황이 올지도 모른다는 생각이 들자 나도 모르게 지그시 입술이 깨물어졌다.

"박 검사님!"

최 사무관이 내게 다가와 말했다.
“찾았나요?”
“2주 전 로또 1등 당첨번호와 이 번호가 일치합니다.”
“지난주요? 당첨금이 얼마죠?”
“세후 150억입니다.”
“150억이라고요?”
“예.”
150억이면 아내를 죽일 수 있을 것도 같다. 그리고 그 아내가 자신과 이혼하려는 것을 알고 있다면 누구라도 죽일 생각을 할 것도 같다. 물론 그 생각을 실행에 옮기는 사람은 드물겠지만.
“범행 동기는 찾았네요.”
문제는 아들을 이용한 차도살인을 했다는 증거를 찾기가 쉽지 않다는 것이다. 그리고 로또 당첨 영수증도 아직 교환하지 않았다. 그러니 아직까지는 심증만 있는 것이다.
“…정말 돈 때문에 죽였을까요?”
차분하게 생긴 최 사무관이 내게 물었다.
“최 사무관은 어떻게 할 것 같나요?”
“예?
“만약 최 사무관의 남편이 150억 짜리 로또에 당첨됐는데 한 푼도 안 주겠다고 하며 이혼하자고 한다면 어떻게 할 것 같아요?”
“저는…….”
최 사무관은 바로 대답하지 못했다. 그리고 나는 지금 최 사무관의 머리 위에 표시되어 있는 선악의 저울을 봤다.
내가 최 사무관에게 질문을 하기 전까지는 55—45로 선이 더

높았다. 만약 이 선악의 저울이 행동에 따라 변한다면 저울은 당장 변하지 않을 것이다. 하지만 품은 생각에 따라 변한다면 저울은 악 쪽으로 더 기울 것이다.

"어떻게 할래요? 절대 발각되지 않는다면요?"

"뭐 포기해야죠. 어떻게 할 수 없잖아요?"

최 사무관이 말할 때 선악의 저울이 변했다.

'45—55로 변했군.'

악의 수치가 갑자기 10이나 상승했다.

이건 다시 말해 내게는 그냥 어쩔 수 없다고 말했지만, 마음속으로는 남편을 죽이거나 해할 생각을 한 것이다.

이게 사람이다.

그래서 사람이고.

'조득출이 확실한데.'

문제는 여전히 증명할 방법이 없다는 것이다. 그럼 처벌할 방법도 없다. 사실 공소권 없는 사건이고, 이런 사건으로 처벌을 받는 경우는 판례에도 없었다.

아마 내가 조득출을 처벌하면 첫 판례를 만들게 되는 것이다.

'바로 구속시킬 수도 없고…….'

바로 구속시키면 아예 증거를 찾을 수 없을 것이다. 그러니 난 감했다.

'잠깐, 안심하게 만들면?'

그럼 어쩌면 로또를 찾을지도 모른다. 하지만 로또를 찾는다고 해서 그게 증거가 될 수는 없다. 자신이 산 로또라고 우기면 그만이니까.

그럼 왜 바로 찾지 않았냐고 따져 물었을 때 괜히 구설수에 오르기 싫어서라고 하면 또 그만이니까.

'그건 방법이 아니지. 그럼… 로또를 분실하면?'

급해질 것이다. 그럼 실수를 하게 된다.

문제는 로또가 어디에 있느냐는 것이다.

지금 당장 그것부터 알아봐야겠다.

'결국 쇼를 해야겠네.'

아마 조득출도 총기 오발 사건에 대해 조사한다는 것을 알고 있을 것이다. 연일 뉴스에서 재조사를 해야 한다고 했으니까.

*　　　*　　　*

"이 사진 좀 봐라."

박동철의 모친이 박동철의 누나를 앉혀놓고 사진 한 장을 내밀었다.

"뭔데?"

"선 자리 들어왔다."

"우리 집에? 웬일이래? 호호호!"

그래도 선자리가 들어왔다니 싫지 않은 모양이다.

"동철이가 검사가 된 후로 이런 선 자리가 꽤 들어온다."

"내가 우리 똥철이 덕을 다 보네."

"덕은 이미 보고 있지. 이 아파트도 동철이가 사준 거니까."

박동철은 제대 후 주식 투자금을 일부 회수해 부모님께 근사한 아파트를 사드렸다. 물론 부모님은 놀라면서도 흐뭇해하셨다.

"그렇지. 우리 셋이 사는데 50평은 너무 넓어."

"그러게. 너도 시집가면 썰렁하겠네."

"나 시집가면 좋지. 아빠랑 엄마랑 둘이서 신혼 분위기도 내고. 호호호!"

"선 볼래?"

"뭐 하는 사람인데?"

"공무원이다."

2002년 금융대란이 난 후로 IMF보다 더 많은 실업자가 생겼다. 그래서인지 요즘에는 대기업 직원보다 공무원이 인기 신랑감이 됐다.

"공무원?"

"서른셋에 7급 공무원 합격했단다. 사람도 건실하고 인물도 훤하고. 안 괜찮나?"

"그런데 왜 나랑 선을 본대?"

"우리 집이 검사 나온 집안이잖아."

결국 집안에서 검사 하나 나오면 두루두루 덕을 본다는 말이 이런 의미인 것이다.

"그러네. 내가 동철이 덕을 톡톡히 보네."

"기분 전환으로 한번 만나 봐라. 내는 니가 3교대로 야간 근무할 때마다 항상 미안하다."

박동철의 모친은 그렇게 말하고 눈시울을 적셨다.

₩박동철이 빚을 갚아주고 이 아파트를 사주기 전까지는 빚을 갚느라 고생을 꽤 많이 했고, 그 고생의 이유가 자신 때문이라고 항상 자책하던 박동철의 모친이다.

"뭐가 미안해? 이런 날도 있고 저런 날도 있지. 돈 벌어서 뭐 해? 효도하려고 돈 버는 거지."

"내가 그래도 자식 복은 있네."

"남편 복은 없고?"

"있지."

"하여튼 요즘 네 아버지 어깨가 으쓱하시다."

"그래서 술값도 많이 나가시지. 나도 아버지가 우리 똥철이 자랑하는 것 보면 기분이 좋아."

말 그대로 박동철의 부친은 아는 사람이면 다 불러내서 술을 사곤 했다. 물론 동철이 주는 용돈이지만 자식 자랑하는 데 그 정도의 돈은 써도 된다고 생각하는 동철의 부친이었다.

그래서 동철의 부친은 요즘 살맛이 났다. 그리고 또 예비 며느리인 최은희가 꽤 많은 용돈을 따로 줬기에 이제는 돈 걱정은 안 해도 살 수 있는 집이 됐다.

그렇다고 해서 과소비를 하는 것은 결코 아니었다. 친구들에게 아들 자랑을 해도 소주를 마시며 입이 침이 마르도록 자랑하는 정도니까.

"우리 딸, 효녀네."

"효자는 우리 똥철이지. 그럼 선 볼까?"

"봐. 사람 좋다고 소문났대."

"사람 좋으면 효자인데……."

"왜?"

"우리 집 효자는 마음에 들어도 남의 집 효자는 좀 그렇잖아."

"호호호! 시집은 가고 싶은 모양이네."

박동철이 검사가 된 후에 박동철의 본가에서는 웃음이 그치지 않았다. 그리고 주변에서도 박동철의 집을 무시하는 사람이 없었다. 누가 뭐라고 해도 서울에서 검사 아들이 있는 집이니까.

"밥이라도 한번 먹지, 뭐."

"그래라."

"잘생기기는 했네. 서른셋에 7급 공무원이면 능력도 어느 정도 있고."

"사람이 참 순하단다."

"알았어요. 다음에 시간 한번 낼게."

"그리고 이거……."

박동철 모친이 다시 한 장의 사진을 꺼내며 말을 이었다.

"두 탕 뛰어야겠다."

"호호! 내가 그만큼 값이 올라간 거야? 우리 동철이 때문에?"

"자꾸 선이라도 한번 보자고 졸라서……."

"뭐 하는 사람인데?"

"선생님이란다."

"그럼 좀 좀스럽지 않나?"

"그래도 나중에 연금이 엄청 많이 나온단다."

"알았어요. 이거 선보러 다니다가 쉴 시간도 없겠네. 호호호!"

* * *

조득출은 3일에 한 번 정도 아무도 없는 새벽에 농협중앙회 앞에 가서 씩 웃고 돌아섰고, 조명득과 조명득의 정보원들은 그를 철저하게 감시했다.

더 정확하게 말하면 조명득의 정보원들이 감시한 것이다.

"또?"

"예."

중년의 남자가 조명득에게 보고했다.

"농협중앙회란 말이지?"

"그렇습니다. 한참이나 보고 있다가 들어가지도 않고 돌아서서 공사판으로 갔습니다."

"공사판이라고 했나요?"

"예, 요즘 공사판 다닙니다."

"…신기하네."

조명득이 피식 웃었다.

'동철이가 말한 그대로네.'

박동철은 로또를 붙인 연습장을 보고 조명득에게 조득출이 농협중앙회에 어슬렁거리는지 철저하게 감시하라고 했다. 그런데 말이 떨어지기 무섭게 조득출은 농협중앙회 주변에서 서성였다.

로또 1등은 농협중앙회에서만 교환이 가능했다.

결론은 조득출이 로또 1등 영수증을 가지고 있다는 의미였다.

*　　　*　　　*

부장 검사실.

"쇼를 하자고?"

"예."

내 보고에 부장 검사님이 어이가 없다는 눈빛으로 나를 봤다.

"물증도 없는데 검사 둘이 국민에게 방송으로 사기를 치자고?"

"물증은 없지만 정황 증거는 확실합니다."

나는 이미 부장 검사님께 로또 영수증이 붙은 연습장을 보여줬다.

"안 샀을 수도 있지."

"2주 전 로또 1등 당첨자는 한 명이었습니다. 그리고 수령액은 세후 150억입니다. 왜 지금까지 1등 당첨자가 안 나타나겠습니까?"

"아직 안 찾고 있나 보지."

"조득출이 안 찾고 있는 겁니다."

"그러니까 왜 안 찾을까?"

내게 다시 질문하는 부장 검사님이다.

"예?"

"뭐가 있겠지."

"뭐가 있다는 말씀이십니까?"

"너는 로또도 안 사봤나?"

"예, 특별히 사고 싶은 마음이 없어서……."

"그렇지. 벤츠 타는 검사이니 서민이라면 다 사는 로또를 살 필요가 없지."

잘 나가다가 또 삼천포로 빠진다.

"선배님!"

"이게 어디서 신성한 검찰청에서 학연 운운해?"

옥상에서 내 조인트를 깔 때는 내가 서울대 몇 기 졸업생이라고 까놓았으면서 지금 와서는 또 이러신다.

"잘 봐라."

부장 검사님이 지갑에서 미리 사둔 로또를 꺼내 내게 보이셨다.

"이거 맞으면 더러워서라도 검사 때려치운다."

말은 그렇게 해놓고 검사 그만두고 변호사로 개업할 생각도 없는 분이다.

타고난 검사!

차기 검찰총장이 될 인물 중 하나로 뽑히시는 분이다.

"로또네요."

물론 로또가 어떤 것인지는 나도 안다.

"중요한 것은 앞이 아니라 뒤지."

부장 검사님이 로또 용지를 뒤집었다.

"알겠나?"

"예?"

"이거 완전 감 떨어져서 어떻게 검사질 할래? 봐라! 여기 주민번호하고 이름, 연락처 적는 곳 있지?"

"아~ 그렇군요."

"여기에 피의자 이름이 적혀 있으면 바로 못 찾지."

부장 검사님이 나를 보며 씩 웃었다. 내게 아주 큰 힌트를 주신 거다.

"그럼… 상속자가 되어야 찾겠네요."

"그렇지. 로또도 상속이 되니까."

"상속자가 누굴까?"

"이충모죠."

"너는 그러니까 멍청하다는 소리 듣는 거다."

"예?"

"성이 다르잖아, 성이! 씨가 다르잖아!"

"아! 그렇군요."

정말 중요한 부분인데 빠뜨렸다. 모두가 이충모와 촉법소년에만 생각이 빠져 미처 생각하지 못한 부분인데, 조득출은 이충모의 의붓아버지였다. 조사해 본 결과 이충모의 친부는 이미 사망한 상태였다. 게다가 앙티아는 대한민국 국적을 획득한 외국인이었고, 유산은 조득출과 이충모, 그리고 앙티아의 동생에게 가게 되는데, 조득출은 자신의 양자인 이충모에게 애정이 별로 없는 모양이었다.

아무리 정신질환을 앓고 있다고 해도 존속 살인은 강력 범죄이다. 심지어 촉법소년이긴 하나 대한민국에서 엄격하게 관리, 통제하고 있는 총포류를 통한 살인사건이고, 이 일로 이충모는 상속권을 상실할 수도 있었다. 즉 조득출은 이충모에게 갈 앙티아의 유산을 독차지하기 위해 이 일을 계획한 것이다.

'…치밀하네.'

정말 소름이 돋을 정도로 치밀한 계획이었다.

"너, 오늘 나한테 뭐 살래?"

꼭 이러신다.

"저번에 말한 장어 드시겠습니까? 자연산으로!"

"캬! 소주도 한잔?"

"그러죠. 제가 쏩니다."

또 하나의 실마리를 찾았다.

이제는 로또의 행방만 찾으면 된다.

"그런데 말이다."

"예, 선배님."

"…그런 증거 다 찾아도 죽였다는 증거는 안 된다."

부장 검사님도 살짝 표정이 침울해진다.

"…그렇죠."

"그래서 법이 지랄 같은 거다."

"예, 그렇습니다."

정황 증거는 계속 나오는데 그 정황 증거가 나올수록 처벌하기 힘들다는 생각이 자꾸 든다.

'…만약 법으로 안 된다면 나는 주먹이다.'

나도 모르게 주먹을 꽉 쥐었다.

제5장
그 여자를 만나다

조득출의 사건에만 묶여 있을 수는 없었다. 게다가 대부분의 정황 증거를 잡았지만, 어디까지나 심증일 뿐 물증을 잡지 못했다.

"검사님! 강간 사건의 피해자가 조사실에서 기다리고 계세요."

긴 생머리의 최 사무관이 내 앞에 와서 말했다.

"아! 꽤 기다린 거죠?"

"두 시간 정도 기다리고 계세요."

두 시간이면 엄청나게 기다린 거다. 피의자도 아니고 피해자가 사건 심문을 위해 이렇게까지 기다리고 있다는 것이 놀랍고 미안했다.

"제가 정신이 없네요."

"그러신 것 같아요. 일하실 때 너무 집중하시는 것 같아요."

"신입이라서 그런가 봅니다."

나는 최 사무관에게 웃어 보였다.

"그럼 피해자를 만나야겠네요. 조사실보다는 여기가 좋겠어요."

조사실은 마치 피해자도 가해자나 피의자처럼 느껴진다. 그러다 보니 주눅이 들고 잘못이 없더라도 자신이 가해자가 된 것 같은 느낌도 준다. 특히 강간 사건의 피해자라면 지금 모든 상황을 자책하고 있을 것이다. 그러니 심리적 안정을 위해서라도 조사실보다는 내 사무실이 좋을 것 같다는 생각이 들었다.

"예, 모시고 올게요."

똑똑!

10분 정도가 지났을까?

아마 지금 노크를 하는 사람은 최 사무관일 것이다.

"검사님!"

"들어오세요."

최 사무관이 문을 열고 들어서면서 내게 목례를 했다.

"피해자를 모시고 왔습니다."

"안으로 모시세요."

최 사무관의 안내를 받아 최 사무관보다 더 긴 생머리를 한 여자가 내 사무실 안으로 들어섰고, 나는 그 여자의 얼굴을 보고 표정이 굳어졌다.

'넌…….'

나도 모르게 긴장했다.

저 여자가 왜 여기에 있지? 그리고 왜 강간을 당한 피해자로 내 앞에 섰는지 의문이 들었다. 이것은 운명의 장난일지도 모르고, 회귀자에 대한 악마의 조롱일지도 모른다는 생각이 들었다.

"저… 검사님?"

내가 굳은 듯 가만히 있자 살짝 이상하다는 것을 느낀 최 사무관이 나를 불렀다.

"아, 예, 최 사무관님."

"저, 나가 보겠습니다."

"그러세요. 강솔미 씨 맞으시죠? 앉으세요."

내 말에 강솔미가 천천히 걸어와 소파에 앉았다.

보통 강간 피해자는 침울해 있거나 우울한 표정을 짓는데, 강솔미는 담담한 듯, 덤덤한 듯, 그것도 아니면 모든 것을 포기하고 자책하는 것 같은 표정이다. 하지만 모든 것을 포기하고 자책했다면 이렇게 신고도 하지 않았을 것이다.

'이번은 내가 가진 기억과 다르다.'

회귀하기 전 나는 내 앞에 앉아 있는 강솔미와 동거했었다. 그리고 그녀는 내 딸, 은지의 엄마였다. 하지만 지금 그녀는 무엇일까? 무엇을 하고 있을까? 왜 그녀는 강간 피해자가 되어 내 앞에 나타났을까?

내가 가진 기억과 현재가 충돌하고 있다. 첫 만남은 룸살롱이었다. 일명 텐프로라고 하는 고급 룸살롱에서 나는 기도로, 그녀는 그 텐프로의 에이스로 만났다. 그리고 친해졌고, 동거를 했다. 그리고 지금은 태어날 수도 없는 은지를 낳았다.

갑작스럽게 내가 회귀라는 평범하지 못한 현상을 겪고 조폭에서 검사로 변한 것처럼 세상이 변화하자 세계가 다시, 그러니까 회귀하기 전처럼 원래대로 흘러갔어야 하는 방향으로 흘러가기 위해 이런 상황을 만들고 있는 것일지도 모른다는 생각이 들었다.

나비효과라는 말처럼 작은 변화가 거대한 변화가 될 수도 있고, 세계가 그것을 막으려 한다는 어처구니없는 생각이 들었다.

하지만 결코 그렇게 될 수는 없다. 다른 사람에게는 어처구니없는 소리일지 몰라도 나에게는 중요한 일이다. 다신 그렇게 돌아갈 수도, 갈 생각도 없다. 지금의 나는 지금의 인생이 소중했다.

지금의 나는 회귀하기 전의 내 딸 은지나 단지 8초의 쾌락을 함께한 저 여자보다 중요했다.

내가 아무 말도 없자 강솔미는 잠시 나를 봤다.

마치 지금 이 순간은 내가 강솔미의 미모에 넋이 나간 것처럼 보일지도 모른다는 생각이 들었다.

'진정해라, 박동철! 저 여자는 그저 회귀하기 전의 여자였을 뿐이다! 지금은 아무런 연도 없는!'

과거의 여자도, 접점도 없는 그저 일방적으로 알고 있는 여자일 뿐이라고 속으로 소리쳤다.

"…강솔미 씨."

"…예, 검사님."

"심리적 고통이 있겠지만 그 사건에 대해 제게 다시 한 번 이야기를 해주셔야 합니다."

보통 강간사건을 당한 여자는 강간을 당했을 때 한 번 치명적인 고통을 느끼고, 신고를 한 후 경찰서에서 추가적인 고통을 느낀다고 한다. 타인 앞에서 진술하며 그 참혹한 순간을 다시 떠올려야 하니까.

그리고 마지막으로 검사 앞에 와서 같은 소리를 또 해야 한다.

강간사건은 피해자를 몇 번이고 고쳐 죽이는 사건인 것이다.

"예… 그, 그날은 비가 왔어요."

많은 범죄가 비가 오는 날에 이루어진다.

그렇게 강솔미는 떨리는 목소리로 내게 진술했다. 하지만 이상하게도 강솔미의 눈동자는 전혀 떨리지 않고 있었다.

평균적인 강간 피해자들과는 또 다른 느낌이다. 보통 강간 피해자들은 스스로를 죄인처럼 느끼고 생각한다. 그런데 강솔미는 그런 것이 없었다. 어떤 면에서는 꽤나 당당한 모습이고, 또 어떤 면에서는 이제는 아예 자포자기를 한 것 같은 모습처럼 보인다.

하지만 분명하게 정해야 한다면 전자다.

'67―33이라니……'

또 놀라운 것은 강솔미는 분명 강간 피해자인데 선악의 저울에서 악의 수치가 67로 거의 범죄자 수준이라는 것이다.

'기억을 더듬어보면……'

나도 모르게 과거의 기억이 떠올라 인상을 찡그렸다. 내 기억 속의 강솔미는 절대 선하지 않고, 오히려 악녀에 가까운 여자였다.

어떤 면에서 나는 잠시지만 그녀에게 이용당한 도구에 불과했다. 8초의 쾌락 때문에, 그리고 어린 나는 그게 사랑인 줄 알았기 때문에 강솔미는 내 순정을 철저하게 이용했다. 그리고 이 순간 나도 모르게 내 미래의 기억 속으로 빠져들었다.

"무슨 말인지 알겠지?"

박동철의 기억 속의 강솔미는 무척이나 섹시한 여자였다. 그리고 그 섹시함이 무기로 사용될 수 있는지 잘 알고 있었다.

"무슨 말인지는 알겠는데, 그러다가 문제 생기면 어떡해?"

"생길 문제가 뭐 있어? 우린 잃을 것이 없는데."

맞는 말이다. 이미 박동철은 전과 3범이고, 강솔미 역시 텐프로의 에이스이기는 했지만 화류계에 속한 꽃이니까.

"하지만 상대는 잃을 것이 많으니까 알려준 그대로만 하면 돼."

"그래도……."

"나랑 살기 싫어? 나만 잘 먹고 잘살자고 이러는 거니?"

강솔미가 박동철을 째려봤다.

"…미안해."

"잘하자. 언제까지 룸에서 기도나 볼래?"

"알았어."

"우리 자기가 분위기만 잘 잡으면 돼. 알았지? 어색하게 굴지 말고."

"알았어."

사실 강솔미가 말한 것이 박동철은 내키지 않았다.

하지만 거부할 수도 없었다.

자신은 아직도 조폭으로서 자리도 잡지 못하고 용돈 벌이나 하는 룸살롱의 기도밖에 안 되니까.

"크게 한 번만 하면 돼."

강솔미의 손이 박동철의 어깨를 휘어 감으며 부드럽게 어루만졌다.

"…으응."

러브호텔 룸.

욕망에 가득 찬 눈빛으로 중년의 남자가 강솔미의 몸을 더듬고 있다. 그의 손은 빠르고 능숙하게 강솔미의 옷을 벗겼는데, 강솔미는 아무런 저항도 없이 중년의 남자가 자신의 옷을 벗기기 편하게 자세를 잡아줬다.

"아아아~ 너, 너무 급하세요."

"우리 솔미가 나를 급하게 만드니까."

남자는 강솔미의 상의를 모두 벗겼고, 이내 섹시한 속옷이 드러났다. 그러자 남자는 바로 강솔미가 착용하고 있는 브래지어를 벗기는 것이 아니라 뜯어버리듯 벗겼다.

강솔미의 속살이 그대로 남자의 눈에 가득 들어오는 순간 남자의 손은 강솔미의 가슴으로 향했고, 다른 손은 다시 강솔미의 하의로 내려가서 거침없이 옷을 벗겼다.

"오늘 홍콩 보내줄게. 흐흐흐!"

남자는 이미 욕망에 사로잡혀 본능에 충실했고, 강솔미는 여배우처럼 애로 연기에 열중하듯 신음 소리를 마구 토해냈다.

하지만 눈빛만은 먹잇감을 노리는 암표범 같았다.

'이제 들어와야지.'

박동철은 러브호텔 룸 앞 복도에서 짜증스러운 표정으로 담배를 피우고 있었다. 러브호텔 룸 안에서 강솔미의 교성이 흘러나오고 있었기 때문이다.

"휴우……."

한숨처럼 길게 뿜어지는 담배 연기가 박동철의 착잡한 심정을 표현해 주는 것 같다.

"시발, 지랄 같네."

박동철은 다시 한 번 담배를 빨고는 담뱃불을 바닥에 던져 발로 비벼 껐다.

"아주 지랄이다 이 새끼들아!"

쾅!

그와 동시에 자신의 발로 힘껏 잠겨 있는 러브호텔 룸의 문을 부수고 들어섰다.

"시발, 이 연놈들이 미쳤지!"

순간 막 더러운 짓을 시작하려던 중년의 남자와 강솔미는 그 상태로 굳어버렸고, 중년의 남자는 겁먹은 눈빛으로 자신을 향해 달려드는 박동철을 봤다. 그 순간 강솔미의 눈빛이 묘하게 변했다. 마치 먹잇감의 숨통을 물어뜯고 이제야 여유롭게 죽인 고기를 먹겠다는 암표범의 눈빛 그 자체였다.

"누, 누구……."

"저 망할 년의 남편이다, 이 개새끼야!"

박동철은 강솔미가 시키는 그대로 중년의 남자에게 달려들어 마구잡이로 구타했다.

"이제 어쩔래?"

팬티 한 장 걸치지 않은 중년의 남자는 박동철 앞에 무릎을 꿇고 있고, 강솔미는 짜증 난다는 표정으로 침대 머리 쪽 부분에 앉아서 담배를 피웠다. 하지만 실상은 이 상황을 즐기고 있었다.

"잘, 잘못했습니다."

"간통으로 콩밥 좀 먹어야지. 내가 아주 사회에서 매장시켜 주겠어."

찰칵! 찰칵!

발가벗겨진 중년의 남자는 박동철이 찍는 핸드폰 사진을 피하려고 몸을 움츠렸지만 이미 늪에 빠진 상태나 다름없었다.

"왜, 왜 이러십니까?"

"왜 이러십니까?"

퍼억!

박동철의 발이 벌거벗은 남자의 가슴을 강타했다.

"으악!"

그때 러브호텔 문이 부서지는 소리를 듣고 급하게 러브호텔 직원이 룸 안으로 들어섰고, 이 모습을 보고 화들짝 놀랐다.

"시발! 뭐 구경났어? 꺼져! 빡 돌았으니까!"

박동철이 허리춤에서 사시미를 꺼내 보이자 러브호텔 직원은 잔뜩 겁먹은 상태로 뒷걸음질을 쳤다.

"신고하면 이걸로 쑤셔 버릴 거야! 조용히 있으면 쇼부 보고 갈 거니까 그렇게 알고 있어!"

박동철이 버럭 소리를 질렀다.

"…예."

"문 닫고 나가!"

"예, 알겠습니다."

박동철의 손에 사시미가 들려 있는 것을 보고 중년 남자는 부르르 몸을 떨었다. 그리고 박동철이 들고 있는 사시미를 남자의 목에 대자 겁을 집어먹고는 표정이 굳어졌다.

"남의 여편네 따먹고 이제 어쩔래?"

"잘, 잘못했습니다."

"시발 놈아, 당연히 잘못했지. 이제 어쩔래?"

박동철의 계속되는 위협에 중년의 남자는 팬티만 입고 담배를 피우고 있는 강솔미를 봤다.

"뭘 어째? 법대로 해! 씨발!"

강솔미가 박동철에게 반항하듯 소리쳤다.

"뭐? 이 쌍년이 뭐 잘한 것이 있다고 소리를 지르고 지랄이야?"

마치 부부 싸움을 하는 것 같다. 강솔미에게는 연기였지만 박동철에게는 진심이었다. 어찌 되었든 다른 남자 앞에서 저렇게 가슴을 내놓고 담배를 피우고 있으니까.

"법대로 하라고! 콩밥을 먹이든 죽이든 꼴리는 대로 해!"

강솔미의 말에 중년의 남자는 기겁했다.

"하, 법대로 해?"

"저, 저기요."

"닥치고 있어!"

박동철이 버럭 소리를 질렀다.

"저, 저기요. 얼, 얼마면 되겠습니까? 얼마를 드리면 선생님께서 저를 용서해 주시겠습니까?"

"남의 여편네 따먹고 돈으로 때우려고?"

"제, 제가 드릴 수 있는 것은……."

"하, 그래? 그래서 얼마 줄 건데?"

박동철의 말에 중년의 남자는 지그시 입술을 깨물었다.

사실 박동철이 들어서는 순간 넋이 나간 상태였기에 자신이 당했다는 것은 생각도 못하는 중년의 남자였다.

"얼, 얼마면 되겠습니까?"

"강솔미 씨!"

내가 강솔미를 불렀다. 나도 모르게 떠오른 기억 때문에 한참이나 아무 말도 없이 강솔미를 보고 있었고, 그런 내 시선에 강솔미는 묘한 눈빛을 보이고 있었다.

"…예, 검사님."

"합의 보실 생각은 없죠?"

"합의 안 볼 거예요. 법대로 처벌해 주세요. 법대로!"

내가 이렇게 피해자에게 합의 볼 생각이 없느냐고 물은 것은 강간 사건만큼 검사의 진을 빼는 사건도 없기 때문이다.

사실 강간사건이 친고죄라 합의가 이루어지면 사건이 종결된다. 검사가 모든 서류와 증거를 준비하고 기소를 하려고 할 때 피의자는 어떤 수를 써서라도 피해자와 합의를 본다. 그럼 사건은 종결된다. 그래서 검사의 진을 빼는 사건이 강간사건이다

"…법대로요?"

"예, 법대로 해주세요."

강솔미의 의지가 분명한 것 같다. 하지만 나는 그녀를 알기에 그녀의 진심을 믿지 않았다.

'검사인 것이 지랄이네.'

아마도 지금 그녀는 작업 중이고, 대한민국의 엄정한 공권력을 이용하고 있는 거니까.

나는 강솔미의 얼굴을 빤히 쳐다봤다. 어떻게 보면 검사가 피해자에게 관심을 보이는 것처럼도 보일 수 있을 것 같다.

"그럼 그렇게 기소를 진행하죠. 합의는 원천적으로 없다고 판단하고 진행하겠습니다."

"흐응, 말씀은 그렇게 하시는데 꼭 합의를 보라는 것처럼 받아들여지네요."

강솔미의 눈빛에 자신감에 차 있는 게 피해자 코스프레는 끝이 난 것 같다. 물론 내가 강솔미에 대해 알기 때문에 이런 생각을 하는 거다.

검사는 피해자의 입장에서 피의자를 조사하고 범죄 사실을 입증하는 사람이어야 하는데, 또 누가 강솔미의 작업에 당했구나 하는 생각만 들었다.

'강솔미는 피해자다. 그리고 이제는 내 여자도……'

엉뚱한 생각이 들었다. 그리고 내가 이런 생각을 하고 있다는 것을 선수라고 할 수 있는 강솔미도 느끼고 있을 것이다.

어쩌면 이런 내 심리 상태를 이용해 나를 다음 목표로 잡을지도 모른다는 생각이 들었다.

그녀에게 모든 남자가 도구이면서 먹잇감에 불과하니까.

"사실 강솔미 씨의 직업 때문에 문제가 좀 있을 수 있습니다."

내 말에 강솔미가 인상을 찡그렸다.

"룸살롱 다니는 여자는 강간도 못 당하나요?"

"피의자 변호사의 입장에서는 그 부분을 물고 늘어질 겁니다. 하지만 대한민국은 증거원칙주의입니다."

"부탁드려요. 저는 너무 충격을 받았어요. 너무!"

살짝 흐느끼려는 것 같다.

저 자체도 연극이겠지만.

"예, 알겠습니다. 그럼 그때 상황을 자세하게 설명해 주세요."

"예."

그렇게 강솔미는 강간 사건이 일어날 당시를 내게 설명했다.

보통 이럴 때 피해자는 충격에 빠진다. 마치 자신이 죄인이 된 것처럼 죄책감을 느끼며 어떤 부분은 숨기려고 하고 또 어떤 부분은 정확하게 설명하지 않고 두루뭉술하게 넘기려 든다.

하지만 강솔미는 달랐다.

어떤 상황인지, 또 어떻게 피의자가 자신에게 강간을 했는지, 속된 말로 브래지어는 어떻게 벗겼고 입고 있던 팬티는 벗긴 것이 아니라 내 눈을 똑바로 보며 강제로 찢었다고 진술했다.

'역시… 작업이네.'

강솔미는 멍청하지 않았다.

그러니 이렇게 강간 피해를 당했다고 신고하면 검찰은 무조건 구속수사를 할 것이다. 피의자 입장에서는 불구속일 때보다 구속일 때가 심리적 압박감을 더 받게 될 것이다.

'망할 년이네. 엄정한 공권력을 이용하고.'

물론 내가 강솔미에게 좋은 감정이 없기 때문에 이런 생각도 하는 것이다. 하지만 지금의 나는 대한민국 검사이기에 개인적인 감정은 접어두어야 했다.

'어찌 되었던 강간한 놈은 나쁜 놈이니까.'

이 순간 둘 다 처벌할 수 있다면 참 좋겠는데 그렇게 할 수 없다는 것이 참 안타깝다.

"자세한 진술 감사합니다."

"꼭 처벌해 주세요. 나를 벌레 보듯 하면서 물건 취급한 놈들을 그냥 둘 수 없어요. 부숴 버리고 싶어요."

강솔미가 분노를 뿜어냈다. 어떤 면에서 피의자들은 잘못 걸린 것이다.

'둘 이상이면 특수강간이니까.'

제대로 걸린 것 같다.

강간죄는 형법 297조에 의해 3년 이상의 유기징역에 처하며 이번처럼 아직은 친고죄다. 그리고 미수범도 처벌을 받는다.

대한민국의 법은 13세 미만의 소녀인 경우에는 폭행, 협박을 하지 않더라도 강간죄를 적용할 수 있다. 그 이유는 설사 그 소녀가 관계를 승낙했다 하더라도 그 승낙의 의미를 진정으로 이해한 승낙이라고 해석하지 않기 때문이다.

또 여성이 남성과 공모하여 폭행과 협박을 하고, 남성으로 하여금 부녀를 간음하게 한 때에는 공동정범으로서 처벌 받는다.

'법률 용어 참 어렵네.'

이래서 일반인들이 법에 접근하기 쉽지 않은 것이다.

그리고 법조인들이 일반인이 법에 접근하는 것을 막는 무기가 되는 것이다. 과거 문자가 지배층이 피지배층을 통제하고 군림하는 무기가 되듯 이제는 이런 지식이 무기가 된다.

하여튼 사람의 심신상실(心身喪失), 또는 항거불능(抗拒不能)의 상태를 이용하여 간음을 한 사람은 준 강간으로서 3년 이상의 유기징역형을 받게 된다.

'여기에는 해당 사항 없고.'

사실 따지고 보면 3년 이상의 유기징역은 약한 면이 있다.

한 여자의 삶 자체를 파괴하는 범죄니까. 돈을 빼앗기면 돈만 빼앗기는 것이다. 하지만 강간죄는 삶 자체를 빼앗는 것이고, 대한민국의 정서상 강간을 당한 여자 역시 죄인 취급을 하는 시선이라 그로 인해 가정 파탄이 많이 일어나고 그런 경우를 가정 파탄범이라고 한다.

또한 이 죄를 범한 자가 사람을 살해한 때에는 사형, 또는 무기징역에 처하며, 사망에 이르게 한 때에는 무기, 또는 10년 이상의 징역에 처한다.

그리고 특수강간은 그 형량이 더욱 무거워진다.

강솔미도 그것을 아는 것이다.

"…진단서도 제출하셨네요."

"예, 수사에 도움이 될 것 같아서요."

철저하게 준비했다.

이렇게 되면 특수강간에 상해가 포함된다.

그리고 한국의 처벌 방식은 여러 죄 가운데 법정형이 가장 무거운 죄 형량의 최대 1/2까지 가중 처벌하는 유럽식 방식을 쓴다.

다시 말해 범죄자가 체포가 되었을 때 여죄를 추궁하는 것도 이런 이유다. 만약 절도죄 2건, 사기죄 2건, 강간죄 3건을 지은 사람은 법정 최고형이 절도죄는 징역 6년, 사기죄는 10년, 강간죄는 30년으로 가정할 때 강간죄가 가장 무겁기 때문에 따라서 강간죄 30년을 기준으로 그 2분의 1인 15년을 더해 최대 45년 범위 내에서 처벌할 수 있다.

그에 반면 미국식으로 한다면 절도죄 2건 12년, 사기죄 2건 20년, 강간죄 3건 90년을 더해 최대 122년까지 선고할 수 있다.

"이 정도의 증거면 기소와 처벌은 가능할 겁니다. 어려운 걸음

해주셔서 감사합니다."

진술도 정확했고 증거도 마치 노린 것처럼 CCTV가 있는 곳에서, 그리고 비 오는 날에 당했다.

그리고 영화처럼 연출을 한 것 같다.

'정말 제대로 걸렸군.'

하지만 분명한 것은 강솔미가 피해자라는 것이다.

하지만 피해자가 강간인 척 조장하는 것 역시 범죄다. 그리고 그런 일을 주로 하는 여자들을 꽃뱀이라고 말한다.

'자해공갈단과 비슷한 거겠지.'

"꼭 처벌해 주세요. 꼭!"

"예, 알겠습니다."

그렇게 강솔미에 대한 1차 피해자 조사가 끝이 났고, 처음에는 피해자 코스프레를 하던 강솔미가 어느 순간 자신의 역할을 잊고 나를 묘한 눈으로 봤다.

"왜 그러시죠?"

"정말 부탁드립니다."

"예."

"저… 기회가 되면 식사라도……."

살짝 말꼬리를 흐린다.

"예."

끈을 놓으면 안 된다.

지금은 피해자로 만났지만 언젠가는 가해자로 만날 수도 있으니까. 그리고 내 기억은 그녀를 지우려고 노력하지만 내 몸은 그녀를 기억하고 있다.

그게 무척이나 지랄 같았다.

*　　　*　　　*

구치소 면회실.

오찬수는 답답한 표정으로 변호사를 만나고 있었다.

"일이 좀 심각합니다."

"내가 당한 거라고요!"

"정황은 그렇지만… 증거가 없습니다."

"그럼 이렇게 콩밥을 먹어야 한다는 겁니까? 제가 콩밥 먹는 거 구경만 하려고 회사에서 법률 자문비를 받으시는 겁니까?"

싸가지 없는 말투로 일관하는 오찬수이다.

"그건 아니죠. 피해자 여성의 직업을 물고 늘어질 참입니다."

"그렇죠. 그 망할 년은 창녀예요. 완전히 노리고 이런 일을 벌였다고요."

"창녀는 아니고 호스티스니까 끝까지 재판으로 간다면 매춘으로 몰 생각입니다."

"매춘이요?"

오찬수가 인상을 찡그렸다.

"그렇습니다."

"그럼 아버지 의원 생활에도……."

"그런 것을 걱정하시면서 왜 그런 엉뚱한 사고를 치셨습니까?"

"뭐라고요?"

오찬수가 변호사를 노려봤다.

"그렇다는 겁니다."
"그리고 돈 줬어요."
"예, CCTV에 찍혀 있더군요. 그걸로 밀어붙일 생각입니다. 합의가 안 된다면 그렇게 할 겁니다."
"합의요? 그렇군요. 그 망할 년이 원하는 것이 돈이었네요."
"아주 머리 좋은 꽃뱀한테 물린 것 같습니다."
변호사도 인상을 찡그렸다.
"그리고 검사가 신입이라서 의욕을 불태우고 있는 것 같습니다."
"예? 무슨 소리예요?"
"아직 세상물정 모르죠. 유들유들해지려면 좀 있어야 하죠."
"하여튼 빨리 좀 꺼내주세요. 답답해 미치겠어요."
"예, 그러죠."
변호사는 그렇게 말하고 자리에서 일어났다.
"좀 더 있다가 가요."
"그럴까요?"
"담배도 좀 주고요."
있는 것들은 어디에 갇혀 있어도 이런 특권을 원한다.
분명하게 오찬수는 당한 거지만 강간 피의자이기도 했다.
그리고 부모 잘 만나서 활개를 치는 전형적인 개 또라이였다.

*　　　*　　　*

검찰청 앞.
고급 승용차가 검찰청에서 나오는 강솔미 앞에 섰다.

"잘했어?"

"당연하지."

강솔미는 검찰청 건물을 돌아서서 봤다.

'날 보는 눈빛이 묘했어.'

아까의 일이 떠올리고는 살짝 미소를 보이는 강솔미다.

그리고 그녀는 지금 박동철을 떠올렸다.

'그럼~ 내 미모에 반응이 없으면 고자지.'

강솔미는 그렇게 생각하며 검사 하나 정도 자기 치마폭에 넣어두는 것도 나쁘지 않다는 생각을 했다.

하지만 그녀는 모를 것이다.

박동철이 자신에게 좋은 감정이 없다는 것을. 그리고 은밀히 역으로 조사할 생각을 하고 있다는 것을.

"어떻게 됐어?"

"오늘 오후에 쫙 깔릴 거다."

"콤플렉스는 드러내면 콤플렉스가 안 되지."

강솔미는 묘하게 말했다.

"그게 우리한테 유리할까?"

"그냥 숨기면 오히려 우리가 불리해져."

"이번에는 얼마나 될까?"

"강북에 있는 아파트 한 채는 나와야지. 움직인 것이 있는데."

"오늘 저쪽 변호사가 만나자는데."

"오빠가 나가."

"알았어."

"돈 이야기 먼저 꺼내지 말고."

"물론이지."

미래에서 박동철을 도구로 사용했다면 지금은 이 남자를 자신의 도구로 쓰고 있는 강솔미였다. 그것도 엄정한 대한민국의 공권력을 이용하기까지 하는 대단한 악녀가 분명했다.

호텔 커피숍.

"지금 뭐라고 했습니까?"

강솔미의 오빠 역할을 맡은 남자가 오찬수의 변호사를 노려봤다.

"합의를 보시죠."

"합의요? 강간을 한 사람이 합의가 먼저입니까, 아니면 진심 어린 사과가 먼저입니까?"

"남는 것은 돈이죠. 제 의뢰인이 처벌을 받는다고 해도 강솔미 씨의 상처는 치유되지 않습니다."

강하게 나가는 오찬수의 변호사였다. 변호사는 이런 사건을 많이 봤다. 그리고 직감적으로 꽃뱀에게 물렸다고 확신했다. 그것도 아주 독이 바짝 오른 꽃뱀에게 물렸다고 생각했다.

"됐습니다. 법정에서 보시죠."

"정말 법정에서 볼까요?"

"봅시다."

"처벌을 받으면 합의는 없습니다. 법정에 가면 서로 물고 뜯는 개싸움이 될 겁니다. 그리고 강솔미 씨의 직업이 몸 파는 직업이라서 유리하지 않을 겁니다."

"뭐라고요?"

"사실상 용주골, 미아리, 588 집창촌 창녀와 다를 것이 없지 않나요?"

"이보세요!"

남자가 버럭 소리를 질렀다.

"사실만 말하는 겁니다."

"내 동생은 가족을 위해서 술집 나가 술 따르고 손님들에게 웃은 죄밖에 없습니다."

"사람들은 그런 여자들을 돈 받고 몸 파는 창녀라고 하죠."

"이 사람이 정말!"

"합의를 보죠. 그게 어려 모로 좋을 겁니다. 그리고 우리 이제는 좀 솔직하십시다. 얼마면 되겠습니까? 돈이 목적 아닙니까?"

"법대로 합시다. 합의는 일절 없습니다."

"법을 아주 좋아하시네요. 법도 모르면서.

변호사가 미소를 보였다.

이 순간 변호사는 차분했고, 남자는 흥분한 상태였다.

따르릉~ 따르릉~

그때 변호사의 핸드폰이 울렸다.

"뭐야?"

—뉴, 뉴스에 의뢰인의 강간 사건이 뉴스화되었습니다!

"뭐? 그럼 오 의원님에 대해서도……."

여유롭던 변호사의 표정이 변했다.

—그게 아니라 그 꽃뱀의 직업이 뉴스에 공개되었습니다. 여론몰이를 하는 것 같습니다. 술집 여자는 강간죄 성립이 안 되나 이런 분위기입니다. 여성 시민단체들이 들고일어날 분위기입니다.

"으음……."

변호사가 신음 소리를 토해냈고, 그제야 남자는 사악한 미소를 보였다.

'이런 의미였네. 솔미, 머리 엄청 좋다니까.'

*　　　　*　　　　*

박동철 검사 사무실.

"검사님!"

"예, 최 사무관님. 무슨 일이시죠?"

"내일 피의자 소환할까요? 피의자 조사하셔야죠. 기소 전에."

"기소요?"

피식 웃음이 나온다. 기소는 없을 것이다.

최 사무관은 내가 신입 검사라서 내게 앞으로 진행해야 할 일들을 기분 나쁘지 않게 알려주는 것 같다.

"기소는 없을 겁니다."

"예?"

"제 사건은 계속 공소권 없는 사건들이네요."

그들은 아마 합의를 볼 거다.

그러니 더 수사해서 힘을 뺄 필요가 없었다. 다른 사람들은 모르겠지만 나는 강솔미에 대해 너무나 잘 알고 있으니까.

"예?"

"하여튼 신경 쓰지 않으셔도 됩니다."

"왜 그런 생각을 하세요?"

"감이죠."

내가 감이라고 말하자 신입이 무슨 감이 있느냐는 눈빛이다.

하지만 그런 눈빛 속에 검사 생활에 빨리 적응한다는 뜻도 담겨 있는 것 같다.

"그건 그렇고, 최 사무관에게 엄청나게 중요한 것이 있다면 어디다 숨겨두실래요?"

"예?"

"조득출이 로또 당첨 영수증을 가지고 있다면 어디다 숨겨둘지 궁금해서요."

"정말 당첨되었다면… 한두 푼도 아니고……."

최 사무관이 살짝 고민하는 것 같다.

"어딜까요?"

"불안해서 집에는 못 두죠."

"그렇겠죠?"

나도 같은 생각이다. 아마 몸에 지니고 다닐 것이다. 하지만 확인해 볼 필요가 있다. 그래야 움직일 수 있으니까.

'가장 중요한 것을 빼앗기면 이성을 잃지.'

또 한 번 사적 제재를 생각했다. 그러면서도 그런 사적 제재를 통해 법적으로 심판할 생각이다.

물론 그 자체로 불법이고 증거로 채택될지는 의문이다.

"조득출의 치밀한 계획에 의한 살인이라면 어떤 죄목으로 처벌할 수 있을까요?"

"그건 검사님이 고민하셔야죠."

"그렇죠."

우선 불법무기 은닉죄는 처벌할 수 있다. 그리고 살인방조죄도 가져다 붙일 수 있을 것 같다.

'살인 교사는 아무래도 어려울 것 같고.'

형법에 살인조장죄가 있나?

문득 의문이 들었다. 하여튼 최대한 많은 죄목으로 엮어볼 참이다. 그리고 반드시 법으로 심판 받게 할 것이다.

'조득출에게 올인해야겠네.'

강솔미는 나중에 어떤 수를 써서라도 응징하면 된다.

그리고 사실 나는 강솔미의 수법을 너무나 잘 알고 있다. 그리고 그 수법을 역으로 이용할 생각이다.

지능적인 범죄자에게 치명적인 것은 내부의 배신이다.

'분명 공모자가 있겠지.'

하지만 당장은 아니다. 강솔미의 옆에 어떤 놈이 붙어 있는지부터 파악해야 한다. 그러니 조득출 사건을 해결하고 나서 시작할 참이다.

'법으로 안 되는 일이 너무 많군.'

입안이 씁쓸했다.

* * *

조득출의 주소지인 영등포 빌라 앞.

"전화하세요."

나는 죽은 피해자의 동생을 따로 불렀다. 남편 모르게 부르려고 했는데, 남편이 직장까지 그만두고 옆에 붙어 있는지 따라왔다.

"예."

확인해 볼 필요가 있다.

내 예상대로라면 조득출은 절대 로또 1등 당첨금을 집에 두지 않았을 것이다. 지금쯤 조득출은 수많은 생각과 걱정을 하고 있을 것이 분명하다. 그러니 집에 두고 외출한다는 것은 있을 수 없는 일이다. 하지만 확인해 볼 필요가 있다.

'이것저것 움직이기 편하려면 내 사조직이 있어야겠다.'

혼자 움직이는 것은 한계가 있었다. 언제까지고 조명득만 주구장창 이용할 수도 없는 노릇이다. 그래서 대한민국 검사로서 어이없게 불법 단체를 조직할 생각을 하고 있다.

'잠깐, 조직? 젠장!'

결국 내가 내 목적을 위해 조직을 결성할 생각을 하고 있다.

물론 그 조직이 새로운 의미의 조직이겠지만.

"잘하셔야 합니다."

"예."

피해자의 동생은 살짝 긴장한 표정을 지었다.

"긴장하지 말고. 잘해."

남편도 자신의 아내에게 잘하라고 말한다.

어떻게 되었던 로또 당첨금을 수령할 수 있는 영수증을 찾아야 자신이 가질 돈이 생기니 적극적으로 협조하는 것이다.

탐욕!

그것이 나를 돕는 원동력이라는 것이 어이가 없다.

"전화하세요."

따르릉~ 따르릉~

"조 씨, 그렇게 일을 설렁설렁해서 일당 받겠어?"

다른 이들의 시선을 피하기 위해 공사판에서 일을 시작한 조득출은 로또 1등 당첨 영수증이 있기에 열심히 일을 할 필요는 없었다.

"설렁설렁은 무슨!"

"그렇게 일하면 안 되죠."

공사장 십장이 보다 못해 한소리 하자 조득출의 표정이 굳어졌다.

"에이, 더러워서 안 해! 막노동판 일당이 얼마나 된다고! 안 하면 될 거 아니야!"

그냥 타이르듯 말했는데 과도한 반응을 보이자 공사장 십장이 도리어 멍해졌다.

"안 해!"

따르릉~ 따르릉~

그때 조득출의 핸드폰이 울렸고, 핸드폰을 보고 인상을 찡그렸다.

"이건 왜 또 전화질이야, 짜증 나게!"

조득출은 수신 거부를 하려다가 전화를 받았다.

"왜, 처제?"

―형, 형부, 불났어요! 불이 났어요!

"뭔 소리야?"

―형부 집에 불났다고요!

"불?"

조득출은 처음에는 놀란 표정이 됐다. 하지만 그딴 집에 불이 나면 어떠냐는 생각이 들었는지 피식 웃었다가 어떻게 처제가 자기 집에 불이 난 것을 아느냐는 것에 인상을 찡그렸다.

"어떻게 아는데?"

—그, 그게…….

"혹시 나 없을 때 우리 집에 들어간 거야?"

조득출이 버럭 소리를 질렀다.

"언니 물건이라도 챙기려고……."

"주인 없는 집에는 왜 들어가고 지랄이야! 도둑질하려고 들어간 거 아니야? 불이 난 거 확실해?"

—불이야! 불이야!

그때 순발력 있게 피해자 동생의 남편이 '불이야!'라고 미친 듯이 외쳤다.

골목길.

"정말 불났어요. 어떻게 해요."

—알았어. 갈게.

살짝 긴장한 목소리였지만 조득출은 여유가 있었다.

이건 다시 말해 내 생각대로 로또 1등 영수증을 몸에 지니고 다닌다는 의미다.

'몸에 지니고 있단 말이지?'

이러면 도리어 수월해질 것 같다.

"예, 빨리 오세요."

—괜히 위험한 곳에 있지 말고 집에나 가.

"그런데 형부……."

—왜 또?

조득출이 짜증스럽게 소리쳤다.

"충모한테 언제 가요?"

—씨발! 그게 내 새끼야?

조득출이 버럭 소리를 질렀다. 부장 검사님 말씀대로였다.

'망할 새끼!'

그래서 도구로 이용했을 것이다. 자기 자식이라면 아무리 독한 놈이라도, 사이코라고 해도 살인의 도구로 이용하지는 않았을 테니까. 물론 그런 짓을 하는 인간도 많다. 그러니 인간이겠지만.

뚝!

그리고 조득출은 바로 전화를 끊어버렸고, 피해자 동생은 지그시 입술을 깨물었다. 지금 이 사건에 어떤 식으로든 연루되어 있는 사람 중에 피해자의 여동생만 선악의 저울 수치가 선 쪽으로 기울어져 있다.

'오지랖을 더 넓혀야 하나?'

사건 해결만 중요한 것이 아니다.

피해자의 아들인 이충모에게는 이제 아무것도 남아 있지 않다. 적어도 로또 당첨금이라도 쥐어줘야 억울하게 죽은 피해자도 안심하고 눈을 감을 수 있을 것이다.

'…저 인간은 안 돼.'

탐욕에 빠져 있는 동생의 남편에게 로또 당첨금이 주어진다면 그건 이충모에게 또 다른 불행의 시작일 것이다. 그러니 다른 방법을 찾아야 한다.

'상속권은 이충모에게 있으니… 이제부터 친권자를 찾아야겠어.'

나도 모르게 점점 오지랖을 넓히고 있었다.

*　　*　　*

"너, 요즘 매일 술이네."

요즘 들어 혼자 소주를 마셨다.

사실 내 결심이 무섭다. 아니, 내가 어떻게 변할지가 무섭다. 그래서 요즘 술로 산다. 어떤 면에서 검사를 택한 것이 잘못일지도 모른다. 하지만 한 번 선택한 길에 후회해 본 적은 없다. 후회는 아무리 빠르게 해도 늦은 법이니까.

"내가 술이야~ 매일 술이야~"

"…취했네."

조명득이 자기 잔에 술을 따랐다.

"집에서 볼 낀데 와 보자고 하노?"

"법으로 안 되는 것이 너무 많다."

"그러니까 세상이잖아. 법으로 되는 것이 어디 있노?"

"명득아!"

"와, 와 그렇게 그윽한 눈으로 보노?"

"너, 내 친구지?"

"이게 미쳤나? 그럼 내가 니 친구제!"

"맞제?"

"어색하다. 치아라!"

"…명득아."

"와 또?"

"내가 무슨 짓을 하던 너는 내 편이지?"

내 말에 조명득이 나를 물끄러미 봤다.

"…니가 무슨 짓을 하던 나는 니 편이다. 그리고 니가 내한테 무슨 짓을 해도 내는 니 편이다."

"고맙다."

"이 짜슥~ 취했네. 검사 힘드나? 우리 다른 거 할까?"

조명득은 검사 생활이 힘들어 이러는 줄 아는 모양이다.

"다른 거?"

"응. 뭐 하고 싶은데? 뭐를 하던 나는 니 편이다."

"…다른 거 하자."

"뭐 하고 싶은데?"

이제야 조명득은 내가 농담하는 것이 아니라는 것을 알았는지 나를 뚫어지게 봤다.

"조직을 만들어야겠다."

우리의 대화를 듣는 사람도 없는데 나는 조명득만 들을 수 있게 작게 속삭였다

"조직? 검사가 조직?"

"법으로 안 되는 일이 많다."

"그게 세상이니까. 알았다. 내가 만들게."

나는 아무 말 없이 조명득에게 통장을 내밀었다.

"뭔데?"

"돈이다."

"검사가 무슨 돈이… 많네?"

조명득이 살짝 놀란 눈빛으로 나를 봤다.

"초기 자금이다."

"20억이 초기 자금이라고?"

"그래. 바닥까지 같이 갈 사람들이 필요하다."

"…바닥까지 가본 사람들이 좋겠네."

조명득은 내가 무슨 말을 하는지 정확하게 이해한 것 같다.

"그런 사람들이 있을까?"

"서울역 가봐라. 깔렸다. 노숙자라고 무시하는데, 태어날 때부터 노숙자는 없다."

듣고 보니 그렇다.

"우리가 만들 단체는 청명회다."

"무협 소설 쓰나? 무슨 얼어 죽을 청명회고?"

"맑을 청(淸)! 밝을 명(明)! 세상을 깨끗하게 만들자."

"니 지금 범죄자 수괴가 형량이 어떻게 되는지는 알제?"

세상을 깨끗하고 밝게 만들기 위해 조직을 만들 생각을 했지만 결국 범죄 단체 결성의 수괴가 되는 것이다.

"사형이지."

"모가지 매달 일 있으면 내가 매달 기다. 니는 검사님으로 깨끗하게 살면 된다."

조명득의 말에 나는 한참이나 조명득을 봤다.

"너는 나한테 왜 이렇게 잘하냐?"

"니 없으면 벌써 뒤졌을 거니까."

"뭐?"

"…약을 두 개 구했었다."

"또 무슨 소리를 하냐?"

가끔 내가 알아먹지 못하는 소리를 하는 조명득이다. 그러면서도 절대 자신이 가지고 있는 기억을 내게 말하지 않았다.

"하나는 줬고, 하나는 니 얼굴이 떠올라서 버렸다. 히히히!"

조명득은 그렇게 말하고 소주를 들이켰다.

"첫 타깃은?"

"조득출."

"죽이나?"

조명득이 과하게 나왔다.

"응징은 사적으로, 죄는 법으로 다스릴 참이다."

"하나만 해라. 어렵다. 어떻게 할 건데?"

"연기자들 모아서 작업해야지."

나는 조득출의 얼굴을 떠올렸다.

악이라면 쓸어버린다. 그리고 그런 과정에서 나는 악이 된다.

이런 생각을 하는 내가 두렵다.

영웅이 시간이 지나면 죽거나 악당이 되니까.

제6장

조득출을 벗기다.
그리고 응징!

"누, 누구십니까?"

얼굴이 엉망진창이 된 남자가 나를 겁먹은 얼굴로 올려보고 있다. 타인을 가장 빠르게, 내가 원하는 그대로 움직이게 만드는 방법은 폭력밖에는 없을 것이다.

"면도칼이라고 불린다지?"

나는 품에서 몇 장의 사진을 꺼내 면도칼이라고 불리는 소매치기에게 던지듯 뿌렸다.

"이번에 들어가면 보호감호까지 12년 이상일 거다."

내 말에 면도칼은 바닥에 떨어져 있는 사진을 주워서 보며 표정이 굳어졌다.

"저, 저한테 왜 이러십니까? 왜 이러냐고요!"

"일 하나만 하면 된다."

"일?"

"그래. 지갑 하나만 따와. 그럼 이 사진은 없던 걸로 해주지."

"당신, 뭐 하는 사람입니까?"

"그건 알 거 없고, 내일 오전까지 따오면 된다."

내 지시에 면도칼은 지그시 입술을 깨물었다.

"결정해. 고야, 스톱이야?"

내 강요에 면도칼이 마스크를 쓴 나를 다시 봤다.

"고, 고입니다."

"이놈이다."

나는 조득출의 얼굴이 찍힌 사진을 내밀었다.

"영등포역에서 주로 활동한다."

"이걸로는 절대 내일까지 지갑 못 땁니다."

"내가 네 사정까지 봐줘야 하나? 그건 네 사정이고, 내일 저녁 6시까지 못 따면 이 사진들 검찰청으로 갈 거다. 무슨 말인지 알지? 젊을 때도 교도소에서 보냈는데 남은 인생도 교도소에서 보내면 안 되잖아?"

"이런 씨……."

욕을 하고 싶은 모양이다. 하지만 면도칼은 내 올가미에 걸렸다. 절대 빠져나갈 수 없는 올가미가 될 것이다.

원래 검사는 대부분 범죄자와 어느 정도 친분을 유지하고 있다. 그것은 성과가 좋은 검사일수록 더 그렇다. 하지만 나는 성과를 위해서 이런 쓰레기들과 친분을 유지하려는 것이 아니다.

면도칼은 조득출을 박살 낼 내 드라마에서 딱 한 편 출현하는 엑스트라이다.

"욕해도 좋아. 하지만 욕하고 못 따오면 몇 년 더 썩게 될 거다."

"시발! 혹시 검사님이십니까?"

"그렇게 생각해?"

나는 마스크를 쓴 상태로 매섭게 노려봤다.

"아, 아닙니다. 죄송합니다."

"내일 이 시간에 보지."

"…예."

면도칼이 짧게 대답하자 나는 쓰러진 면도칼의 멱살을 잡고 일으켜 세웠다. 그리고 옷에 묻은 먼지를 털어줬다.

"이걸로 파스나 사서 붙이고."

"뭐죠?"

"출연료."

"…예?"

그렇게 면도칼은 내 눈을 뚫어지게 보다가 돌아섰다.

그리고 뒤에 있는 조명득을 봤다.

"나 알지?"

조명득은 나와는 달리 얼굴을 가리고 있지 않았다.

"…예."

"입 함부로 놀리면 지금 받은 돈의 열 배가 네 관 값이다."

"아, 알겠습니다."

나랑 다르게 조명득을 보자 꾸벅 인사를 했다. 서로 아는 사이인 모양이다. 사실 면도칼을 소개해 준 사람도 조명득이다.

'이미 정보원이 많네.'

저번에도 조명득은 정보원을 이용해도 되느냐고 내게 물었다.

아마 그 정보원이 내 눈앞에 있는 면도칼인 모양이다.
“그런데 니가 이렇게 직접 움직일 필요가 있나?”
조명득은 내가 걱정되는 모양이다.
“책임질 일이 있으면…….”
“내가 진다.”
조명득이 내 말을 자르며 말했다.

조명득에게 청명회를 만들자고 말했지만 조득출 사건은 소수의 인원으로만 움직여야 했다. 그럼 나와 조명득뿐이다. 지금 당장 믿을 수 있는 사람은 조명득이 유일하니까.
물론 엑스트라를 몇 고용했지만 말이다.
“동선은 다 파악했지?”
겁도 없이 신입 검사가 월차를 냈다.
강솔미를 만나고 일주일이 지난 시점에 월차를 썼는데, 선배 검사들은 역시 꼴통이라고 수군거렸다.
“이 꼴통 새끼가 장어 한 번 먹이고 월차를 썼다고?”
부장 검사는 괜히 죄도 없는 선배 검사들에게 버럭 소리를 쳤고, 박동철의 선배는 알게 됐다. 월차를 내고 싶으면 부장 검사에게 장어를 사야 한다는 것을. 아마도 지금쯤 검찰청은 난리가 났을 것이다.
그리고 오늘은 금요일이다.
이 불타는 금요일에 모든 것을 끝낸다.

인간은 어떤 특정한 것에 욕망을 품는다.

그것이 돈이든 여자든 명예든 하나는 욕심내는 것이 있다. 그리고 그들이 절대적으로 원하는 것을 빼앗긴다면 절망하게 된다. 특히 돈이 없던 조득출에게 그 절대적인 것을 빼앗는다면 절망하고 자포자기하게 될 것이다.

스스로 무너질지도 모른다. 그리고 그것을 통해 놈의 범죄 사실을 입증시킬 수도 있을지 모른다.

"그래서 여기서 시작하는 거지."

나와 조명득은 조득출의 동선을 파악하고 첫 작전을 펼칠 곳으로 술집을 잡았다. 조득출이 자주 드나드는 술집이다. 물론 사건이 일어난 후로는 취할 정도로 마시지 않는 것으로 파악됐다.

몸에 150억을 붙이고 다니니 뭐든 조심스러워지는 것이다.

"미인계가 먹힐까?"

조명득은 살짝 걱정스러운 표정이다.

"먹힌다."

이 순간 강솔미가 떠올랐다.

내가 그녀와 같이 있을 때 강솔미는 항상 자랑처럼 고자도 자기가 빨면 선다고 했다. 그리고 남자 새끼라면 자신이 벗고 덤비면 100% 쓰러진다고도 했다.

나는 강솔미의 주특기를 흉내 낼 참이다.

즉 여자가 벗고 덤비게 만들 참이다. 내가 출현시킨 엑스트라가 벗든 조득출이 벗든 벗게 만들 참이다.

'만들어질 상황은 두 가지지.'

여자가 쓰러지는 척을 하든 조득출이 쓰러지든 쓰러지면 된다.

"그렇지. 탐문 수사에서 엄청나게 밝힌다고 했으니까."

이미 조득출의 습성은 파악이 됐다. 그래서 미인계다.
"저기 온다."
조득출이 천천히 다가오고 있다.
"자연스러워야겠지."
"하모."
조명득이 나를 보며 씩 웃었다.
사실 조질 놈을 유인할 때 가장 어려운 것은 내가 만들어놓은 판에 올려놓는 일이다. 놈이 어떤 마음을 먹든 올라서기만 하면 그다음부터는 쉽다.
이 말은 올라서기까지가 가장 어렵다는 것이다.
사실 처음 용봉철을 응징할 때처럼 기절시킬 생각도 했다. 하지만 요즘 부쩍 CCTV가 많아졌고, 조득출이 움직이는 활동반경에는 유난히 CCTV가 많았다. 그래서 그 작전은 포기했다.
"들어가라… 들어가라… 들어갔다!"
여자 좋아하는 놈은 술도 좋아한다.
그리고 술이 취하고 여자가 옆에 있으면 흑심이 생긴다.
그건 본능이다. 정신력으로는 어떻게 할 수 없는 남자의 본능!
그 본능을 이용해 볼 참이다.
"배우는?"
"술집이라서 30대 중반 미시다. 꽤나 야시시하게 입혔으니까 괜찮을 기다. 싼 티가 팍팍 나서 말 걸기도 쉽고."
"어디서 섭외했는데?"
"청량리!"
조명득이 씩 웃었다.

철컥!

박동철의 먹잇감인 조득출이 참새가 방앗간을 못 지나가는 것처럼 술집으로 들어갔다. 이곳은 조득출에게 익숙한 곳이고, 그래서인지 약간 경계심을 푸는 것 같다. 그리고 그 마지막 경계심을 미인계로 날려 버린다면 박동철의 작전은 성공할 것이다.

그렇게 조득출은 술집 안을 스캔하듯 봤고, 입구 쪽 잘 보이는 곳에 여자 하나가 보인다.

그 여자는 꽤나 섹시한 자세로 혼자 소주를 마시고 있었다.

'딱 봐도 꼴린 미시네.'

조득출은 피식 웃으며 여자가 앉아 있는 옆 테이블에 앉았다.

"왔어, 조 씨?"

단골이다 보니 주인이 친한 척을 했다. 주인이 조 씨라고 하자 혼자 소주를 마시던 여자가 힐끗 조득출을 보더니 행색이 형편없다는 표정으로 피식 웃고는 고개를 돌렸다.

박동철의 배우인 여자의 연기가 시작된 것이다.

'1초의 눈 맞춤이 신경 쓰이지.'

여자는 그런 생각을 하며 피식 웃었다.

"조 씨가 뭐야, 사람 이상하게?"

"왜 그래?"

"술 줘."

"오늘도 먹던 걸로?"

보통 소주에 오도독뼈 정도를 시키는 조득출이었다. 하지만 주문을 하려니 여자가 피식 웃은 것이 떠올랐다.

'꼬락서니가 이렇다고 무시하네. 썅!'
자신도 모르게 조득출은 자신의 가슴 부분을 만지작거렸다.
'내가 150억이 있다는 것을 알면 질질 싸겠지.'
그런 생각을 하며 조득출은 피식 웃었다.
"양주 하나 가지고 오고, 안주도 괜찮은 걸로."
"예, 사장님! 하하하!"
주인이 농담 섞인 투로 대답하고 조득출에게 저 여자 좀 보라는 눈빛을 보였고, 그 눈빛을 조득출이 봤다.
"김 군아, 여기 양주 하나랑 과일하고 스테이크 좀 구워 와라!"
주인이 홀 서빙을 하고 있는 직원에게 말하고 조득출 옆에 바짝 다가앉았다.
"왜?"
"초저녁부터 저러고 있어."
주인이 조득출에게 속삭였다.
"그래?"
"줍는 게 임자지. 원래 조개는 주워서 따먹은 사람이 주인이잖아. 킥킥킥!"
남자들의 음담패설이 이어졌다.
"조개구이? 조개탕?"
조득출도 기분이 좋아졌는지 농담 따먹기에 동참했다.
"그렇지. 마누라만 없으면 내가 주워 먹겠는데……."
"내가 주워 먹을까?"
"나눠 먹으면 좋은데. 히히히!"
"쓰리썸?"

조득출은 여자를 밝혔다.

더 정확하게 말하면 섹스를 밝혔다. 그래서 지금은 죽고 없는 아내와 매일같이 싸웠다. 일정한 직업이 없이 일용직으로 일하고 겨울에만 수렵을 하다 보니 매일 술을 마셨고, 술을 마시면 남자는 여자 생각이 난다.

그리고 조득출은 그런 면에서 다른 남자보다 좀 더 심했다.

그런 부분을 박동철이 집요하게 파고들고 있는 상황이다.

"하여튼 그러네. 마누라 때문에 그림의 떡이네."

그때 술과 안주가 나왔다.

"김 군아!"

"예, 조 사장님!"

오늘 따라 직원도 조득출에게 사장님이라고 했다. 그리고 조득출은 이런 대우가 싫지 않았다. 돈이 생기면 대우를 받고 싶은 것이 사람의 마음이니까.

그런 면에서 조득출은 인내심이 많은 존재였다.

"이 스테이크는 저쪽 테이블에 가져다 드려라."

"예?"

"얼른!"

"예!"

조득출이 작업을 시작했다.

지금 조득출이 작업을 걸고 있는 여자가 도도한 이미지였다면 조득출은 엄두도 내지 못했을 것이다. 하지만 주인이 이상할 만큼 바람을 넣고 있고, 여자가 꽤나 야시시해 보여 느낌이 툭 찌르면 바로 다리를 벌릴 것 같이 싸 보였다.

하지만 여기서 주목할 것은 주인도 조명득에게 고용된 사람이라는 것이다.

물론 직접적으로 조명득이 말한 것은 아니다. 지금 혼자 남자를 꼬시기 위해 소주를 마시고 있는 여자가 대놓고 힘 좋은 남자 있으면 다리 좀 놔달라고 농담을 하며 슬쩍 10만 원을 줬다. 그리고 주인은 남자가 필요하면 관광나이트에 가라고 했는데, 거기는 너무 닳은 것들만 있어서 싫다고 말하며 여자가 웃었다. 그래서 주인은 이 여자가 어떤 남자를 원하는지 알 것 같았다.

그래서 조득출에게 너스레를 떤 것이다.

돈을 이미 받았으니까.

"저기 저 손님이……."

김 군이 스테이크를 조심스레 테이블에 놓으며 여자에게 말하자 여자는 고개를 돌려 조득출에게 살짝 묵례를 했다.

그렇게 한 시간여가 지나자 조득출과 여자는 자연스럽게 합석을 했다.

"호호호! 그래요? 아~ 취한다."

여자는 취한 연기를 시작했다.

원래 지시를 받은 것은 둘 중 하나였다. 자기가 취해서 골뱅이가 되든 조득출을 취하게 해서 정신을 잃게 만들든지 선택하라고 했고, 여자는 자신이 취하는 것으로 정했다.

"벌써? 지금 취하면 재미가 없는데… 더 마셔요."

남자가 여자에게 술을 권하는 것은 흑심이 있기 때문이다.

지금 조득출은 손만 뻗으면 저 여자를 벗길 수 있겠구나 하는 생각이 들었다. 그리고 순간, 시험 삼아 간을 보듯 자연스럽게 중요 부분을 터치해도 별 거부 반응이 없다.

'엄청 굶었나 보네. 흐흐흐!'

조득출은 이미 이성이 마비되어 가고 있었다. 오직 이 여자를 어떻게 벗길지 그것만 생각하고 있었다.

이래서 미인계는 항상 잘 먹히는 편이다.

"호호호! 나 취하면 재워주실래요?"

이제는 아예 조득출에게 추파를 던지는 여자였다. 그리고 조득출 역시 여자를 취하게 만들기 위해서 제법 술을 마셨다.

술은 이성을 마비시키고 판단을 흐리게 한다.

그렇기 때문에 모든 실수의 원인이 되기도 한다.

"재워 드릴까?"

"호호호!"

이제 여자는 호호 웃으며 모든 일이 끝났다는 것을 직감했다.

남자는 그 웃음에 취해 더욱 욕망을 뿜어낼 테니까.

'너, 오늘 내가 먹어주겠어. 흐흐흐'

조득출은 섹스라는 단어를 떠올렸다.

사실 몇 주 동안 섹스를 하지 못한 조득출이기도 했다.

"우리 딴 곳에 가서 마실까?"

조득출이 슬쩍 물었다.

"딴 곳이라니요?"

"우리 둘이서 조용하게. 어때?"

조득출이 야릇한 미소를 보였다.

"콜! 호호호~"

여자는 혀 꼬부라진 소리를 내고 살짝살짝 취한 척을 하며 자신의 풍만한 가슴을 자연스럽게 조득출에게 보여주고 접촉했다. 하지만 너무 과하지는 않았다. 지금은 노출이 과해지면 역효과가 난다는 것을 너무나 잘 알고 있는 여자였다.

그녀는 남자의 심리를 누구보다 잘 아는 베테랑이었다.

술집 앞 차 안.

“그럼 벗는 것도 그렇게 어렵지 않겠네?”

“그거까지 계산해서 출연료 줬다.”

척척 손발이 잘 맞는다.

이제 같이 나오기만 기다리면 된다.

두 시간 정도를 밖에서 기다렸다.

마음 같아서는 술집에 들어가서 우리가 섭외한 배우가 어떻게 연기하는지 보고 싶었지만, 그러다가 얼굴이 노출되면 차후에 움직이기 곤란할 것 같아 참고 있다.

‘그래도 그쪽으로는 베테랑이니까 잘하겠지.’

그때 취한 척하며 여자가 조득출의 부축을 받으며 술집에서 나왔다.

‘강솔미에게 배운 그대로 한다.’

“다 준비됐나?”

“하모!”

내 물음에 조명득이 나를 보며 씩 웃었다.

사실 첫 시나리오는 강솔미에게 배운 그대로 하는 것이다.

하지만 내가 짠 시나리오를 조명득에게 보여주니 이러면 로또

1등 당첨 영수증은 빼앗을 수 있지만 법으로 처벌하기는 어렵다고 해서 시나리오를 급하게 수정했다.

"몰래카메라는?"

"설치 다 끝났다."

"여자도 알지?"

"응. 돈 좀 썼다."

자신의 벗은 모습이 영상으로 남는다는 것을 좋아할 여자는 없을 것이다. 그리고 내게 대답한 조명득은 여자를 만날 때를 떠올리는 것 같다.

"…지금 뭐라고 했어요?"

조명득은 청량리에서 왕년에 날리던 여자 중에 가장 기술이 좋은 여자를 찾았다.

물론 지금은 나이가 있어서 노계 취급을 당하고 있다.

"얼마면 될까요?"

"그래도 그건 좀……."

"5,000만 원이면 되겠습니까?"

조명득의 배팅에 여자의 눈빛이 살짝 떨렸다.

하지만 조명득은 그 정도로는 여자가 승낙하지 않을 거라고 생각했다. 지금 자신과 거래하고 있는 여자가 포주에게 진 빚만 해도 5,000만 원이 넘었다.

"5,000만 원이면 겨우 빚잔치하고 끝나는데……."

"지방에서 작은 옷가게라도 하실 수 있는 돈은 따로 드리죠."

"…그냥 1억 주세요. 그럼 무슨 짓이든 할게요. 지금 당장에라도 거리로 뛰어나가 옷 벗고 춤출 수도 있어요."

아직도 저 나이에 청량리에 남아 있다는 것은 갈 곳도 없고 이판사판으로 뭐든 해야 입에 풀칠을 한다는 의미였다.

"1억이라고요?"

"예, 1억 주세요."

여자가 조명득에게 배팅을 했다.

사실 1억이라면 한물간 삼류 애로배우를 섭외할 수 있을 정도의 돈이다. 하지만 문제는 박동철이 생각하는 것은 여자에게는 치명적인 일이라 쉽게 섭외가 안 된다는 것이다.

"저한테는 엄청난 일이니까요."

몸은 팔아도 얼굴은 팔리고 싶지 않다는 투로 말하는 여자였다. 하지만 여자에게는 지금이 이 청량리를 벗어날 수 있는 마지막 기회일지도 몰랐다.

"그러죠."

"모자이크 처리는……."

"해야죠. 아직 젊으시잖아요."

"고맙습니다."

그렇게 계약이 이루어졌다.

포주 사무실.

"지금 뭐라고 하셨습니까?"

포주가 씩씩거리며 조명득을 노려봤다.

"눈 까시고. 뽑히기 전에."

"죄, 죄송합니다."

신분적 우월감이라 해야 할까, 포주로서의 약점이라 해야 할까?

포주는 조명득에게 바로 꼬리를 내렸다.

"어떻게 하실래요?"

"그래도 그년 빗을 퉁 치자는 건……."

"그럼 맙시다. 모처럼 마음에 들었는데. 내일 기대하세요."

"예?"

"내일부터 볼 만하실 겁니다."

"조, 조 경위님!"

"됐고요."

조명득은 두말하지 않고 포주 사무실에서 나왔다.

그리고 다음날 포주가 운영하는 가게 앞에 정복 경찰이 경계를 서듯 서성거렸다. 물론 이런 곳에 그냥 서 있는 경찰들도 죽을 맛이지만, 포주는 더 죽을 맛이었다. 대한민국에서는 여전히 성매매가 불법이고, 경찰이 서 있는 곳에 들어갈 남자는 없었다.

그리고 대한민국의 특성상 아무도 없는 곳에서는 그 어떤 변태 짓도 마구 하는 남자들이지만 저렇게 경찰이 서성거리고 있으면 이곳을 이용할 필요가 없다.

그냥 다른 곳에서 8초의 쾌락을 해결하면 되니까.

"…미치겠네."

그렇게 하루가 지났고, 포주는 바로 조명득에게 항복했다.

자신이 항복을 하지 않으면 끝까지 갈 것 같은 눈빛이니 노계 취급을 받는 여자 하나 포기하기로 마음먹었다.

"…정말 너무하십니다."

"그러니까 좋은 말로 할 때 하지 왜 그러셨어요?"

"그년이 그렇게 좋습니까? 경위님보다 몇 살은 더 위인데……."

"그건 개인의 취향이고."

"알겠습니다. 그렇게 하겠습니다."

"나중에 딴소리하면 알죠?"

"…예."

"나는 옷 벗어도 내 동기가 250명입니다."

조명득의 말에 포주의 표정이 굳어졌다. 한마디로 찍소리라도 하면 이 바닥에서 끝날 줄 알라고 경고하는 조명득이었다.

"압니다. 알고말고요."

"여기 3,000!"

"어제는……."

"어제는 5,000이었고, 오늘은 3,000! 내일은 과연 얼마일까요?"

"휴, 알겠습니다."

그렇게 조명득은 섭외한 배우의 빚을 퉁 쳤다.

"그리고 고리 좀 그만해요. 이러다가 한 방에 훅 갑니다."

"…예."

모텔 카운터.

"방이 없다고?"

여자는 완전히 취한 척을 했다.

"예, 없습니다."

"이런 평일에 왜 방이 없어?"

조득출은 취한 여자의 신체 접촉에 완전히 달아올랐고, 하고 싶어서 미칠 지경이었다. 심지어 세 곳이나 돌아다녔는데 방이 없단다. 그래서 조득출은 미치기 일보 직전이었다.

물론 이것도 박동철의 시나리오를 받은 조명득의 조치였다. 어떻게든 몰래카메라가 설치된 곳에서 거사가 치러져야 하니까.

"아아암~ 방 없어, 자기야?"

여자는 취한 척을 하면서 이제는 조득출을 자기라고 부르면서 아양을 떨었다. 그리고 술기운 때문에 그런지 접촉은 더 자극적이었고, 한 손으로는 조득출의 중요한 부분을 매만졌다.

"다른 곳으로 가보자."

"으응, 나 졎었어."

정말 베테랑답게 자극의 끈을 놓지 않는 여자였다.

모텔 안.

"휴우~ 방 구하기 정말 힘드네."

물론 이 방은 몰래카메라가 설치된 방이다.

"자기야~ 어서 벗어."

여자가 아양을 떨며 조득출을 벗기려고 했다.

물론 이 순간에도 몰래카메라는 돌고 있다.

"씻고 와."

여자가 다시 씻고 오라고 하자 조득출은 옷을 입은 그대로 샤워실로 들어갔다.

이제 모텔까지 오니 급할 것이 없는 조득출이었다.

그리고 가만히 보니 꽤나 여자가 마음에 들었다.

처음에는 자신을 무시하는 미소를 보였지만, 어느 순간 이야기를 하다 보니 자기와 이야기가 잘 통한다는 생각이 들었다.

그리고 이렇게 허름하게 옷을 입고 있는데도 자기가 좋다면서 계속해서 달라붙는 것도 마음에 들었다. 옷이라도 잘 입고 있으면 뽑아 먹을 것이 있어서 붙는다고 생각할 텐데 말이다.

'여자는 거기서 거기지. 아래도 거기서 거기고."

그걸 누구보다 잘 알면서도 남자들은 새로운 여자들을 찾는다. 하여튼 그렇게 조득출은 옷을 벗었고, 가슴 부분에 비닐로 싸서 붙여놓은 로또 1등 당첨금 영수증을 뜯어냈다.

"이것부터 주머니에 넣고. 흐흐흐!"

그렇게 조득출은 대충 샤워를 하고 밖으로 나왔다.

"와~ 자기, 엄청 크네~"

물론 조득출의 거시기는 그리 크지 않았다.

하지만 남자는 자신의 거시기를 크다고 말해주면 우쭐한다.

"그래? 오늘 죽여줄게. 흐흐흐!"

자기만 샤워를 하고 조득출은 바로 여자를 덮쳤다.

"나 샤워… 아아아~"

이미 조득출은 여자의 가슴을 빨고 있었다.

"나 좋냐?"

"으응, 아아아~"

"왜 좋냐? 돈도 없고 얼굴도 이런데?"

조득출은 여자가 자신을 왜 따라왔는지 궁금해서 물었다.

물론 조득출의 손은 계속 움직이고 있었고, 허리도 천천히 움직이고 있다.

"사내가 돈만 있으면 뭐 해? 여자가 밥만 먹고 사나? 나는 밥 먹는 것보다 이렇게 사랑 받는 게 좋더라."

"그래?"

"으응~"

여자는 조득출에게 빠진 것 같은 눈빛을 보이며 말했다.

"너, 나랑 살래?"

순간 조득출은 이 여자와 살고 싶다는 생각이 들었다. 물론 술기운 때문이다. 그리고 겨우 베트남 여자 따위가 자신을 무시한 것도 떠올렸다. 물론 다른 여자들도 조득출을 무시했다.

"자기랑?"

"그래, 나랑 살래?"

"자기, 돈 있어? 많지는 않아도 방 한 칸은 있어야지."

"내가 너 호강시켜 줄게."

조득출이 술기운에 허세를 부리기 시작했다.

"호강? 어떻게?"

"나 로또 맞았다."

역시 미인계는 진리다. 그리고 남자는 여자 앞에서 허세를 부린다. 사실 항상 긴장하며 지내던 조득출이었는데, 이 순간 여자의 살 냄새 때문에 무장해제가 됐다.

"로또?"

"응!"

"아아아~ 정, 정말?"

순간 여자의 눈동자가 반짝였다.

하지만 그것도 잠시, 이내 체념하는 눈빛을 보였다.

'로또면 뭐 해? 무서운 사람들이던데…….'

여자는 조명득을 떠올렸다.

포주도 꼼짝하지 못하게 할 정도였기에 바로 포기했다.

산전수전 다 겪었기에 세상이 그리 호락호락하지 않다는 것을 아는 것이다.

"표정이 왜 그래? 으으윽!"

그때 조득출이 절정으로 향했고, 그의 물건이 축 늘어졌다. 여자는 그런 조득출을 진심으로 사랑한다는 듯 꼭 껴안아줬다.

이래서 모든 것이 구라인 세상이다.

"휴우~ 죽는 줄 알았네."

섹스를 하고 나자 여자는 술이 좀 깬 척을 했다. 그리고 여자가 만족했다는 생각에 조득출도 미소를 지으며 여자를 봤다.

* * *

모텔 복도.

"아아아~ 아아아~"

"헉헉! 흐억!"

여자의 신음 소리와 조득출의 거친 호흡 소리가 모텔 복도까지 새어 나왔다.

"휴우……."

나는 어두운 복도에서 담배연기를 길게 뿜어냈다.

이 기억은 익숙하다.

강솔미와 같이 나쁜 짓을 할 때의 기억이다. 그리고 그 기억 그대로 시나리오를 짰다. 물론 거기다가 몰래카메라를 더했고.

"와?"

나도 모르게 표정이 침울해진 모양이다.

"다 된 것 같다."

"내가 부술까?"

혼을 쏙 빼놓기 위해서는 요란해야 한다.

그걸 가르쳐 준 여자는 악녀 강솔미다.

* * *

"표정이 왜 그래?"

조금 전과 다르게 시무룩한 여자의 표정을 보고 조득출이 물었다.

"로또를 맞았으면 나 같은 것이 보이겠어? 원나잇이겠지."

"네가 어때서?"

"됐네요. 나는 그냥 자기가 돈 없어도 나만 좋아해 주면 좋겠네. 밤마다 이렇게 죽여주고. 호호호!"

지금까지 무시만 받고 살던 조득출이다. 짐승처럼 밝히기만 한다고 욕을 먹고 살았는데, 지금 조득출의 로망을 여자가 충족시켜 주니 없던 사랑도 생기는 조득출이었다.

"넌 다르네."

"뭐가 달라?"

"어떤 년은 나를 졸라게 무시해서 내가 죽였는데."

"뭐?"

여자가 놀라서 조득출을 봤다.

"무서워?"

"아, 아니, 그냥 놀라서. 그런데 왜 죽였어?"

"나를 졸라 무시하잖아."

"왜 무시해? 돈 못 벌다고?"

"그것도 있고… 담배!"

조득출이 담배를 달라고 하자 여자가 몸을 움직여 테이블 위에 있는 담배를 꺼내 자기가 입에 물고 불을 붙인 후 조득출에게 물려줬다.

"뭔데?"

"남자가 밝히는 건 본능인데 나보러 짐승이라잖아. 망할 년! 꼴에 로또도 맞았네. 그래서 내가 빼앗았지."

여자가 자신의 말에 적극 공감하자 조득출은 하지 말아야 할 말을 했다.

"죽일 년이네. 그런다고 남자를 무시해?"

"그러니까. 망할 년이 어느 순간부터 이혼하자고 하잖아. 그때 딱 감을 잡았지. 흐흐흐!"

약간의 술기운과 허세, 그리고 자신의 이야기를 잘 들어주는 여자에게 술술 모든 것을 말해 버리는 조득출이었다.

"그래서?"

"빵! 내가 못 배워서 그렇지 머리가 나쁘지는 않거든. 빵 하고 쏴서 죽였지."

꽝!

그때 박동철과 조명득이 발로 문을 부수며 들어서서 조득출과 여자를 노려봤다.

"행수! 이러면 안 되죠! 또 바람났능교?"

순간 조득출은 멍해졌다.

"이런 개새끼한테 질질 싸면 우리 행님은 뭐가 됩니꺼?"

조명득은 꽤나 연기력이 좋았다. 그리고 나는 마스크를 쓴 그 그대로 뛰어가 강솔미와 했던 그대로 조득출이 정신을 차리지 못하게 마구잡이로 반쯤 죽여 놓았다.

퍽퍽퍽!

"아아악!"

퍽퍽!

정말 죽을 만큼 팼다.

"살, 살려… 살려주세요."

*　　　*　　　*

영등포에 위치한 허름한 빌라.

"무슨 말인지 알겠지?"

피해자 동생의 남편이 무서운 얼굴로 아내를 노려보며 말했다.

"그래도……."

"싫어? 돈 싫어?"

"하지만……."

"그 새끼가 로또 찾는다고 우리한테 줄 것 같아? 충모 친할머니도 있고. 알잖아."

"그래도 찾으면 충모 건데……."

"가진 놈이 임자지. 우리만 생각하자."

남자가 뭔가 꾸미는 것 같다.

하지만 죽은 피해자의 여동생은 애써 대답을 피했다.
그리고 남자의 손이 여자의 배로 향했다.
"우리 아이만 생각하자고."

*　　　*　　　*

내 기억에 있는 그 모습과 똑같다.
'이런 기억은 사라졌으면 좋겠다.'
조득출은 내가 가진 기억 그대로 벌거벗겨진 그대로 무릎을 꿇고 있고, 조명득은 조득출을 노려보고 있다.
"이제 어떻게 뒤질 기고? 우리 행님은 이 사실을 알면 니를 산 채로 묻을 기다."
조명득의 콘셉트는 조폭 똘마니인 모양이다.
"살, 살려주십시오."
"살 짓을 해야 살지 안 캤나?"
조명득이 퉁명스럽게 말하고 고개를 돌려 담배를 피우고 있는 여자를 봤다. 그러고 보니 난 저 여자의 이름을 모르다.
"행수, 우짤 겁니꺼? 내는 몰랐으면 몰랐지, 알면 가만히는 못 있습니다. 의리가 있지."
"…그냥 나도 죽여."
여자가 담배를 피우며 체념하듯 말하자 조득출은 그 모습에 더욱 겁을 집어먹었다.
"돈, 돈을 드리겠습니다!"
"돈?"

"예, 돈 드리겠습니다!"

"얼마나 줄 긴데?"

"얼마든지 드리겠습니다!"

퍽!

"으악!"

"이 개자슥이 나를 삼류 양아치로 아네. 내 의리를 돈에 팔라고? 미쳤나?"

"1억 드리겠습니다! 아니, 2억 드리겠습니다!"

조득출이 급해서 소리쳤다.

"2억?"

"예, 2억 드리겠습니다."

"지금 주라. 그럼 못 본 척해주께."

"지, 지금은……."

"야, 야!"

그때 조명득이 나를 불렀다.

"예, 행님!"

나는 조명득의 쫄따구 콘셉트로 나가야 한다.

"이 개새끼 센타 좀 까 봐라."

순간 조득출의 표정이 굳어졌다.

'주머니에 있네.'

샤워를 했으니 어쩔 수 없이 주머니에 넣은 것이다.

"예, 형님!"

"아, 안 됩니다!"

퍼억!

"시발 놈아, 우리 행수 따묵을 때는 되는 일이라서 따묵었나?"

"으으윽!"

조득출은 신음 소리를 토해내며 쓰러졌다.

물론 내가 주머니를 뒤질 때마다 눈동자가 파르르 떨리는 게 기절한 것은 아니었다.

'있네.'

주머니 속에서 미끈한 것이 만져졌다. 그리고 그것과 함께 지갑을 꺼냈다.

"얼마 있노?"

"한 10만 원쯤 있는 것 같습니다."

"이 새끼가 내한테 구라를 쳤네."

퍽퍽! 퍽퍽!

조명득의 명연기가 계속 펼쳐졌고, 놈이 정신없이 맞을 때 나는 내 주머니에 로또를 넣었다.

'확보했고.'

아마 운이 좋으면 몇 가지 증거를 몰래카메라로 확보할 수 있을 것이다. 아마 로또를 강탈당했다는 것을 조득출이 알게 되면 그 자체가 절망일 것이다. 그리고 이것이 1차 응징이다.

아무것도 없는 자가 거금이 생기게 되면 새로운 꿈을 꾸게 된다. 그런데 그 꿈을 꾸기도 전에 날아가 버린다면 미치게 된다.

사실 로또 2등 당첨자가 우울증에 걸려 사회에 적응하지 못하는 이유도 그런 것이다. 하나만 더 맞혔으면 인생이 역전되는데 하며 후회하게 되는 것이다.

아마 조득출도 앞으로 그렇게 살게 될 것이다.

물론 그런 후회를 교도소에서 하겠지만 말이다.

"살, 살려주십시오."

"각서 쓰라! 내일까지 2억 가지고 온다고 쓰라."

조명득은 치밀하게 연기를 했다.

"예, 예, 알겠습니다."

그렇게 조득출은 각서까지 써야 했다.

"행수, 갑시다. 옷 좀 입고요. 뭐 좋은 꼴이라고! 쯧쯧쯧!"

조명득의 말에 여자가 옷을 입었다. 그리고 여전히 무릎을 꿇고 있는 조득출에게 귓속말을 하려는 듯 허리를 숙였다.

"정말 미안해. 마음만 받을게."

그 순간 조득출은 온몸을 부르르 떨었다.

"잠, 잠깐! 너, 너희들!"

"무꼬?"

"너, 너희들, 내 로또를 노리고!"

퍼어억!

"이 발정난 개새끼가 아주 개소리를 하네."

조명득이 다시 구둣발로 조득출을 면상을 깠고, 그 상태로 조득출은 기절했다.

그리고 우리는 자연스럽게 퇴장했다.

우리는 여자를 강남 고속터미널로 데리고 왔다.

"여기는 왜?"

"수고하셨습니다."

"왜?"
"서울은 서럽기만 하잖아요."
"예?"
"여기."
조명득은 여자에게 통장을 내밀었다.
"마산… 참 좋아요. 물가도 싸고, 사람들도 순박하고."
"그래서요?"
"약속한 것보다 좀 더 많이 넣었어요. 거기 가서 사세요."
"봐도 돼요?"
"보세요. 이젠 누나 돈이니까."
조명득의 말에 여자가 통장을 보더니 놀라 눈동자가 커졌다.
"이, 이렇게 많이……."
여자의 말에 조명득이 얼마나 통장에 입금했는지 궁금했다.
"이제 서울은 잊어요."
"…예."
"가요. 버스 금방 가겠네."
"예, 감사합니다. 감사합니다."
여자의 눈시울이 뜨거워졌다.
"울지 말고, 누나!"
"예."
"이름이 뭐예요?"
"순이요. 박순이!"
"누나는 나 잊고, 나는 누나 기억할게요. 잘 가요. 우리 다시 보지 말고."

그렇게 순이라는 이름의 여자는 버스를 타고 서러운 서울을 떠났다.

"얼마 넣었는데?"

"2억!"

조금 놀랐다.

"2억?"

"와, 많나?"

"아니, 니가 하는 일이면 다 괜찮다."

"그런데 니는 이제 150억은 어떻게 할래?"

돈이 생기니 욕심이 나지 않는다면 거짓말이다.

하지만 이 돈을 내가 가지면 나는 조득출과 다를 것이 없다. 그리고 빠르게 타락하게 될 것이다.

그리고 악마가 될지도 모른다.

"주인에게 돌려줘야지."

"캬! 니는 역시 내 친구다. 최영이네, 최영 장군! 황금 보기를 돌같이 해라! 최영이네, 최영!"

집에 돌아온 나와 조명득은 몰래카메라를 확인했다.

"와~ 순이 누나, 테크닉 쥑이네."

조명득도 남자라 침을 질질 흘렸고, 나도 살짝 흥분 아닌 흥분이 됐다. 그리고 한 번의 섹스가 끝나고 나서 결정적인 증거들이 나왔다.

"이거 치밀한 새끼인 줄 알았는데 완전 빙시네."

"미인계가 진리다."

"히히히! 그렇지?"
"이제 어쩔 건데?"
"복사본 땄지?"
"물론이지."
"우리 나오는 것 삭제하고 아이피 안 걸리게 피시방에서 뿌려. 대한민국이 발칵 뒤집어지게."
"그럼 난리가 나겠네?"
"그렇지."
"너희들, 뭐 보니?"
그때 익숙하지만 이 순간에는 절대 듣고 싶지 않은 은희의 목소리가 내 등 뒤에서 들려와 우리는 순간 얼음이 됐다.
"니들은 나이를 먹어도 왜 그렇게 노니?"
폭풍 잔소리가 이어질 것 같다.
"어, 언제 왔어?"
내가 알고 있기로 은희는 미국에 있어야 한다.
'또 펑크 냈나?'
은희는 펑크의 여신이니까.
"방금."
"공연은?"
"잘 끝났지."
그러고 보니 대표님께 전화가 없는 것을 보니 공연은 하고 온 모양이다.
"쯧쯧쯧! 이래서 애나 어른이나 사내들은 다 짐승이라니까. 야, 조 짐승!"

"…응."

"눈치가 좀 있어라. 우리 집 뽀삐도 눈치가 있더라."

"나가라고?"

조명득이 씩 웃었다.

"그걸 말로 해야 아니?"

"알았다. 동철아! 내는 그거 할게."

"그래."

*　　　*　　　*

"으으윽!"

몇 시간 후, 조득출이 겨우 깨어났다. 그리고 바로 자신의 주머니를 뒤졌다.

"없, 없다. 없어! 개새끼들, 없어!"

그 순간 조득출은 멍해졌다.

그리고 온몸을 부르르 떨었다. 마치 공황에 빠진 것 같다.

"이 미친 새끼야! 거기서 그 짓을 하고 싶던? 몇 달만 더 참았으면 인생이 바뀌는데, 이 미친 새끼야!"

조득출은 스스로를 원망하고 질책했다.

아마 심각한 우울증에 빠질 것 같다.

150억짜리 로또를 날려 버렸으니까.

검찰청 부장실.

"야! 너희 뭐 하는 놈들이야? 월급을 받았으면 월급값을 해야지!"

부장 검사님이 입에서 불을 뿜고 있다.

"죄송합니다."

"야, 벤츠!"

"예, 검사 박동철!"

나 역시 잔뜩 졸아 군대식으로 대답했다.

"네 사건 연루자잖아! 어서 구속 영장 신청해! 검사가 되어서, 그것도 연수원 수석 졸업한 놈이 그걸 못 찾아? 정황 증거가 있으면 끝로 파야지! 의지를 보이고 안 된다는 생각을 말고 밀어붙였어야지, 지금 뭐 하는 거야!"

이미 몰래 카메라가 인터넷에 떴고 순식간에 이슈가 됐다.

처음에는 국내 모텔 야동으로 떴지만, 나중에 순이와 조득출의 대화를 듣고 빵! 총기 살인으로 떴다.

그리고 로또 이야기가 나오자 대한민국은 난리가 났다.

일명 로또 살인사건 동영상이 대한민국을 뒤집어놓았고, 순이의 얼굴은 철저하게 모자이크 처리가 되어 가려졌다.

"무슨 죄목일 것 같아?"

"우선……."

이럴 때는 정신없는 척을 해야 한다.

"특수 살인이잖아! 정신 안 차려? 거기다가 살인 방조와 살인 조작도 있고."

"…부장님."

그때 눈치 없는 선배 검사가 부장 검사를 불렀다.

'눈치 없기는…….'

"왜, 인마?"

"살인 조작은 형법에 없습니다."

"니 똥 칼라다, 새끼야! 내가 기차 바퀴가 세모라면 세모야, 새끼야! 나, 송강호 닮았잖아, 송강호!"

도중에 방향이 새어 썰렁한 개그로 이어졌지만, 부장 검사님의 분노는 끝이 나지 않았다.

"예, 부장님!"

"그리고 너, 어디 군산쯤 갈래?"

이건 아예 협박이다.

"하여튼 무조건 구형 최고로 때려! 알았어?"

"예, 부장님!"

"어서 조득출부터 잡아!"

"예, 부장님!"

하여튼 그렇게 나는 바로 체포영장을 받았고, 조득출을 위치를 이미 파악하고 있기에 바로 검거했다.

"감은 없어도 검거는 빠르네."

감?

부장님이 감 타령을 하신다. 내가 차도살인이라고 했을 때는 증거부터 내놓으라고 하신 분이 말이다.

"최고로 때려! 최고로 구형해! 국민이 우리만 보고 있다!"

"예, 부장님!"

"몇 년 되겠어?"

"이것도 살인으로 정해진다면 최소 종신형, 최대 사형입니다."

퍽!

부장 검사님이 내 뒤통수를 후려치셨다.

"…왜 그러십니까?"

"야, 아무리 그래도 법대로 해야지! 저게 쓰레기기는 하지만 내가 보기에는 15년형에서 무기 정도다."

"저는 그래도 사형 구형할 겁니다."

"야, 벤츠!"

"예, 부장님!"

"너, 지금 개기냐? 네가 사형 구형하면 판사가 웃는다고!"

"그래도 저는 사형 구형할 겁니다. 저는 그렇게 할 겁니다. 판사는 법대로 하시겠죠. 하지만 저는 제 꼴리는 대로 할 겁니다."

"이게 이제는 대놓고 반항이네."

"예, 선배님! 저 반항 한번 하겠습니다."

"그래, 네 꼴리는 대로 해라. 속은 시원하겠네. 그런데 로또는 어디에 있을까?"

로또는 아직도 내가 가지고 있다. 사실 나는 이충모의 친할머니를 찾았다. 이충모의 친할머니라면 돈 때문에 이충모를 어떻게 하지는 않을 거라는 생각이 들었다.

물론 돈이 손에 쥐어지면 달라질 수도 있겠지만 말이다.

"여기입니다."

이충모와 이충모의 친할머니는 농협중앙회까지 내가 지정한 변호사와 함께 왔다.

'이중, 삼중으로!'

그리고 변호사에게 이충모가 성인이 될 때 당첨 수령액의 50퍼센트를 수령할 수 있게 서류를 만들게 했다.
물론 이 변호사도 내 선배다.
"여기가……."
"며느리가 남기신 선물을 받으셔야죠."
아직도 이충모와 충모 친할머니는 자신에게 어떤 일이 일어났는지 모르는 것 같다.
순박한 사람들.
참 다행이다. 하여튼 그렇게 로또 당첨금은 그 주인의 아들에게 돌아갔고, 나는 법정에서 조득출에게 법정 최고형인 사형을 구형했다.
내 구형에 판사님이 멍해졌다. 마치 뭐 저런 또라이가 있느냐는 눈빛이다.
"검사, 잠깐만."
판사가 재판 중에 나를 조용히 불렀다.
"예."
"연수원 실업계 나왔어요?"
"수석 했습니다."
"이 구형은?"
"죽은 엄마의 마음이자 엄마를 잃은 아들의 마음입니다."
"법은 감정적으로 하면 안 되는 겁니다."
"알고 있습니다. 하지만 저는 감정적으로 하겠습니다. 판사님은 법대로 하십시오."
"허, 실업계 나온 것 맞네."
판사가 씩 웃었고, 결국 1차 재판에 조득출은 특수살인죄가 적용되어 20년 유기 징역을 선고 받았다.

'법이 너무 물러 터졌어.'

짜증이 나는 순간이다.

"판사님."

"왜요?"

"항소하겠습니다."

내 말에 판사가 멍해졌다.

"검사……."

판사님이 내게 무슨 말인가 하려다가 말꼬리를 흐렸다.

"하세요, 항소."

하지만 저거 꼴통이고 분명 사법연수원 실업계 나왔다고 생각하는 눈빛이다.

그렇게 나는 항소를 했고, 조득출의 형량을 겨우 5년 늘리는 것으로 만족해야 했다.

그래도 25년이다. 돈 없어서 한국까지 팔리듯 시집온 베트남 여자의 죽음에 비한다면 너무나 약한 형량이다.

엄마를 잃은 아들에게도 너무나 약한 형량이다.

그리고 첫 재판이 끝난 후 나는 별명이 또 하나가 생겼다.

"야, 풀 배팅!

부장 검사님이 나를 부르셨다.

"예, 선배님!"

"우리 선배님이시다. 인사해라."

"박동철입니다."

"어이, 연수원 실업계. 하하하!"

"아, 판사님!"

물론 이 판사님도 우리 학교 선배라는 것을 알고 있다.

아마도 그래서 내 응석을 받아주었을지도 모른다.

"하하하! 너 같은 꼴통도 있어야지. 안 그래?"

"그렇죠, 선배님! 요즘 검사는 너무 법! 법! 합니다. 세상에 법대로 되는 일만 있는 것은 아니죠."

"위험한 발언인데? 정치하려고?"

"제가요? 머리가 돌이라서 그런 거 못합니다. 사람 잘 속여야 하잖아요. 정치하려면."

부장 검사님이 의미심장한 말을 했다.

"야, 풀 배팅, 오늘은 뭐 먹냐?"

"흑염소 어떻습니까? 흑염소가 남자한테 죽인답니다."

"하하하! 그럴까?"

두 중년이 나를 보며 씩 웃었다.

어떤 면에서 나는 인복은 타고난 것 같다.

'다음은 강솔미, 너다.'

조지고 싶다.

망할 년!

꽃뱀을 잡는 땅꾼이 되어볼 참이다.

제7장
팀 킬

"이래서 강간사건은 진이 빠진다니까."

오 수사관이 서류를 정리하면서 약간 허탈하다는 투로 말했다. 내 예상대로 강솔미는 강력하게 처벌해 달라고 호소하던 때와는 다르게 피의자와 합의를 봤다.

아마도 이번 일로 수억 원 이상 챙겼을 것이다.

강솔미는 여타 꽃뱀과는 급이 다르다. 마치 작전을 펼치듯 타깃을 정하고 접근한다. 그러면서도 계속해서 텐프로에 출근하고 있다. 마치 직장에서 꼬박꼬박 월급을 받고, 강간이나 그 비슷한 것으로 남자의 등을 치는 것은 프리로 돌리는 것 같다.

'그렇게 벌어서 어디다 쓰지?'

그러고 보니 내 기억에 있는 강솔미는 그렇게 사치를 부리는 여자가 아니었다. 물론 사치가 아예 없는 것은 아니었다. 평범한 여자들처럼 사치를 부리지만 어디까지나 벌어들이는 수입에 비해서는 씀씀이가 헤프지 않았다.

내 기억에 남아 있는 유부남 교수에게 작전을 건 후의 수익만 해도 총합 5억이다. 마치 마른 오징어의 물을 짜듯 쥐어짜고, 남자가 분노의 끝을 보일 때를 잘 맞춰 멈춘다.

그래서 꽃뱀으로 고소를 당하지 않았다. 그리고 그녀가 작전을 펼치는 남자들은 다 사회적 지위가 높은 사람들이라 몇 억 정도로는 강솔미라는 꽃뱀에게 당했다고 고소하기가 쉽지 않았다.

한마디로 비싼 떡을 쳤고, 재수가 없었다고 생각하는 것이다. 그렇기 때문에 강솔미는 최대한 지위가 높고 각 분야에 저명한 인물들만 노렸다.

"그래도 검사님이 신경 쓰지 말라고 해서 헛수고는 하지 않았잖아요."

내 지시에 우리 수사팀은 강간 사건 피의자 조사와 서류 준비도 하지 않았다. 그걸 지금 말하는 최 사무관이다.

"그러네. 그러니까 검사님 촉이 좋으시네요."

와이프 생일을 챙겨준 이후로 오 수사관은 내게 무척이나 협조적이고 친절했다. 이렇게 사소한 것들로 아랫사람을 챙기면 내 주변에 사람이 모인다.

그리고 높은 사람도 마찬가지다. 사실 검찰이란 직업은 항상 깨끗한 존재여야 하지만 그렇지 못하는 경우가 많다.

사건을 맡을 때마다 엄청난 사건 청탁이 들어온다. 그래서 줄타기를 잘해야 한다는 말이 있다. 그래서인지 검사들은 너무 깨끗한 물에는 고기가 살지 않는다는 말을 한다. 즉 적당하게 챙길 건 챙기고 적당하게 교류를 해야 한다는 의미다.

'대놓고 나쁜 검사는 없으니까.'

사실 처음에는 그런 부분들에 대해 무척이나 반감을 가졌다.

하지만 이제는 이해가 된다. 세상은 다 그런 것이니까. 물론 나는 법에 저촉되지 않을 만큼만 교류(?)하고 있다. 대부분의 고급 정보는 범죄자들의 입을 통해서 나오니까.

그리고 이제 내 사조직인 청명회가 가동되고 있다. 지금 당장은 그들에게 특별한 지시를 하지 않고 있지만, 청명회를 관리하고 운영하는 조명득은 그들에게 정보 수집을 지시했고, 조금씩이지만 첩보가 모이기 시작하고 있었다.

'오늘이 그날이지…….'

최 사무관의 피부가 푸석하다. 이럴 때 신경을 써주면 이들의 환심을 살 수 있다.

"그래도 크게 이슈가 될 것 같았는데, 고작 뉴스에 한 번 나오고 그 이후로는 잠잠합니다."

강솔미의 타깃이 3선 국회의원의 아들이었다. 한마디로 그는 재수 없게 걸린 것이다. 그리고 국회의원의 힘이 얼마나 강한지 알게 됐다. 언론을 통제할 수 있을 정도니까.

물론 그에 대한 대가는 충분히 치렀을 것이다.

"그러게요……."

"여성 단체가 더 난리를 칠 줄 알았는데."

결국 강솔미에게 여성 단체도 엿을 먹은 것이다.

'강솔미, 내가 엿을 먹여주지.'

내게 안 좋은 기억을 남긴 여자이기 때문은 결코 아니다.

처벌이 필요한 범죄자이기 때문에 응징해야 한다.

나는 공명정대해야 하는 검사니까.

"최 사무관! 오늘은 자택 근무 좀 해주세요."

"예?"

내 말에 최 사무관이 이해할 수 없다는 눈빛으로 나를 봤다.

"미국의 아동 성범죄 관련 자료를 최대한 찾아주시면 됩니다."

"그런 거면 검찰청 자료실에 다 있는데요?"

최 사무관이 나를 보며 말했다.

"거기에 있는 자료는 이미 확인해서 여기에 넣었습니다."

나는 마치 자료들을 다 외웠다는 시늉을 하며 미소를 보였다.

"농담을 하시는데 진담처럼 들리네요."

"제가 외우는 것을 엄청 잘하거든요. 그러니까 인터넷에 있는 자료 중에 사건 위주로 좀 찾아주세요."

"여기서 해도 되는데……."

최 사무관이 내게 말을 하다가 말꼬리를 흐렸다.

"아~ 사실 오늘 오 수사관님과 박 수사관님이 야동 업로더에 관한 수사를 해야 하거든요."

"아… 예, 알겠습니다, 검사님."

핑계가 좋아서인지 최 사무관은 간단한 서류철을 챙겨 들고 내게 묵례를 했다.

"좀 쉬세요. 피부가 푸석하네요."

"…예."

여자는 남자보다 더 육감이 발달해 있다. 아마 내가 자신을 챙겨주는 것을 알 것이다.

그렇게 최 사무관은 검사실을 나갔다.

그리고 남자 직원 모두가 왜 뜬금없이 자택 근무를 시키느냐는 눈빛이다. 물론 설명해 줄 생각은 없다.

"박 수사관님. 강솔미 씨에 대한 내사를 진행할 생각입니다."

"내사라고 하셨습니까?"

내 뜬금없는 지시에 수사관들이 나를 봤다.

"그렇습니다. 피해자가 아닌 피의자 신분으로 내사할 생각입니다. 그리고 이번 내사의 키워드는 꽃뱀입니다."

"그렇게 생각하십니까?"

"예, 전국적으로 강솔미와 관련된 사건이나 고소 취하된 사건이 있다면 모두 종합해 주시면 됩니다."

"우리 검사님은 표적을 잡고 수사를 하시네요."

"그래야죠. 아무리 생각해도 뒤끝이 쓰니까요."

"알겠습니다, 검사님. 그럼 전국적으로 어디 꽃뱀을 한번 쫓아보겠습니다. 그런데 검사님. 사이비 교주에 대한 사건이 경찰에서 검찰로 넘어왔습니다."

겨우 여덟 개의 사건 중에 한 개를 해결하고 하나를 공소권 없음으로 정리가 됐는데 또 하나의 사건을 맡게 됐다.

"사이비 교주요?"

"예, 조사 서류 책상 위에 올려놨습니다."

"확인해 보겠습니다. 그런데 구속 상태입니까?"

"불구속 상태입니다."

"알겠습니다."

그렇게 오 수사관이 말한 서류를 봤다.

"검사님, 야동 업로더 사건 동영상은 언제 봅니까? 최 사무관 없을 때……."

사건 해결을 위해서라도 봐야 하지만, 일뿐만이 아니라 사심으로도 보고 싶은 마음이 있는 모양이다. 본능에는 어쩔 수 없는 것이 남자다. 그리고 박 수사관은 노총각이다.

"식사 전에 한번 볼까요?"

나도 박 수사관을 보며 씩 웃었다.

'노총각 장가보내야겠네. 하하하!'

물론 그게 결코 쉬운 일은 아니지만 말이다.

"그런데 조 수사관이 안 보이네요."

"은밀하게 내사할 것이 있어서 보냈습니다."

"은밀하게요? 또 측이 움직이시나요?"

오 수사관이 내게 물었다.

"그건 아니고, 자료 수집 차원입니다."

"검사님."

"예, 오 수사관님."

"일 찾아서 하면 힘드십니다. 하하하!"

맞는 말이다. 내 사건은 여섯 개에서 일곱 개로 변했으니까. 그리고 강솔미에 대한 내사도 시작했다. 물론 여섯 개의 사건 중에 서류로 정리하고 재판을 하면 되는 사건이 네 개다.

명백한 증거가 있고 자백이 있으니까.

"알겠습니다. 그럼 우리 남자끼리 한번 볼까요?"

*　　　*　　　*

"이런 쳐 죽일 놈을 봤나!"

딸 넷의 아빠인 오 수사관이 아동 성 학대 동영상을 보고 분노를 숨기지 못하고 표출했다.

'…이거, 사건이 심각하네.'

이건 그냥 개인적인 업로더가 아닌 것 같았다. 조직적으로 동영상을 만들고 은밀하게 일본에 수출하는 느낌이다.

'그런데 이런 은밀한 동영상이 어떻게 유출됐지?'

아마 실수가 있던 것 같다.

그리고 그 실수에 우리가 꼬리를 잡기 시작했다.

'휴우~ 정말 검사는 일복이 터진 사람들이네.'

그렇게 우린 남자들의 로망을 딱 3분 만에 접었다.

"…이 수사는 채 수사관님이 전담해 주십시오."

"예, 알겠습니다."

"제가 하겠습니다."

오 수사관이 내게 말했다.

"딸 넷 아빠께서는 너무 흥분하셔서 안 될 것 같습니다."

"…예."

"들어와!"

그때 검사실 복도에서 우악스러운 목소리가 들렸다.

내 조사관 중에서 가장 터프한 마동우 조사관의 목소리다.

'오늘 피의자 심문이 있었나?'

정말 스케줄이 빡빡한 것 같다. 이러니 검사 생활을 오래 못 하는 것이다. 돈도 제대로 못 벌고 일은 넘쳐나니까.

그리고 사실 내 직장이 서울에 있기 때문에 더 많은 사건을 담당하는 것도 있다.

지방 소재 검찰청이면 사건이 여기보다는 확실히 적으니까.

“너무 소리치지 마십시오! 저한테도 인권이 있습니다!”

인권 운운하는 것을 보니 지능범이거나 동종 전과가 많은 조폭일 가능성이 높다. 그리고 문이 열리고 마 수사관과 피의자 한 명이 수갑을 차고 들어섰다. 순간 나도 피의자를 보고 놀랐고 피의자도 나를 보고 놀랐다.

“너, 너는……!”

먼저 말을 꺼낸 것은 피의자이다

“이창명!”

“검사님, 아는 사람입니까?”

“예, 압니다. 조금 인연이 있죠.”

오 수사관의 물음에 대답하자 이창명이 나를 보며 웃었다.

“하하하! 우리도 인연이네.”

“이게 어디서 검사님한테 버릇없이 반말을 하고 지랄이야!”

욱한 마음에 마 수사관이 한 대 후려치려다가 내 눈을 보고 멈췄다. 저런 유들유들한 범죄자들은 물리적인 행동이 있으면 망할 놈의 인권 운운하면서 바로 고소한다.

“이창명, 오랜만이네. 앉지.”

“야, 이것 참 오랜만입니다, 박동철 검사님! 검사 되셨네? 나한테 죽도록 맞고 바닥에 뒹굴 때가 몇 년 전이었는데.”

이창명의 말에 수사관들이 놀란 눈빛으로 나를 봤다.

“하하하! 제가 좀 놀았습니다. 마산에서 통을 먹었거든요.”

"우리 검사님은 공부도 잘하시고 싸움도 잘하셨나 보네요."

이창명이 오 수사관의 말에 피식 웃었다.

"재랑 나랑 똑같은데 달라졌네. 저 새끼는 마산에서 애들 삥을 뜯고, 나는 창원에서 뜯었는데."

이창명이 과거를 떠올리게 만들고 있다. 그리고 수사관들이 놀랍다는 표정으로 나를 봤다. '검사님에게도 그런 세월이 있었습니까?' 하는 눈빛이다.

"하하하! 다 돌려줬습니다. 개과천선했습니다."

참 사람 입장 난처하게 만드는 놈이다.

퍽!

마 수사관이 참지 못하고 뒤통수를 후려쳤다.

"과거는 과거일 뿐이야! 이죽거리지 마!"

사실 충성도 면에서 조명득 다음으로 내게 충성을 보이는 이가 마 수사관이다.

"하이고, 수사관이 피의자라고 그냥 막 때리네."

이창명은 이걸로 시비를 걸 것 같다.

"창명아!"

나는 이창명을 피의자라고 부르지 않고 마치 친구처럼 이름을 불렀다. 하지만 눈빛은 사납게 변해 있다.

"왜?"

"우리 잠깐 사적인 대화 좀 하자."

"해라."

저런 자신감은 아마 배를 째라는 마음과 함께 뒤를 봐주는 조직이 있다는 생각과 나를 예전에 한 번 꺾었다는 자부심 때문일 것이다.

"내 별명이 뭔지 아냐?"

"내가 어떻게 아냐?"

"풀 배팅이다."

"뭐?"

"아직 네 범죄 관련 서류를 보지 못해서 뭐라고 말하지는 못하겠는데……."

나는 이창명에게 그렇게 말하면서 매섭게 이창명을 째려봤고, 이창명은 살기를 느꼈는지 살짝 주눅이 든 표정이 됐다.

"그래서?"

"나는 어떤 놈이든 구형을 풀로 때린다. 어떤 범죄가 10년이 최고형이면 나는 그냥 10년 때린다. 무슨 말인지 알겠지?"

"그, 그렇습니까?"

"전과 몇 개 있지?"

"그렇습니다."

빠르게 말투가 변했다.

"청송에서 오래 지낼래?"

"…아닙니다."

"그러니까 이죽거리지 마세요, 이창명 피의자!"

"예, 검사님!"

이창명이 바로 겁을 집어먹었다. 범죄자들에게 가장 무서운 것은 형량이 늘어나는 것이다. 그리고 그보다 더 무서운 것이 보호감호다. 범죄자의 끝이 청송 감호소라는 말도 있으니까.

"마 수사관님! 피의자 조사할 거니까 조사실로 보내놓으세요."

"예, 알겠습니다, 검사님."

말로 사람의 기를 꺾어놓는 것은 어렵지 않다. 말을 꺼내면 행동으로 옮긴다는 것이 소문이 난다면 말이다. 사실 나는 그런 소문을 스스로 내고 있었다. 그럼 여러 가지로 편해지니까.

'에구구, 자리를 못 잡았네.'

결국 이창명은 칠승파의 소모품으로 쓰이고 있다는 생각이 들었다. 그러니 저놈도 서글픈 인생이다.

*　　　　*　　　　*

우 실장의 사무실.

"자수시켰나?"

우 실장은 인상을 찡그렸다.

"아마 지금쯤이면 검찰로 넘어갔을 겁니다."

"입막음은 잘 했고?"

"출소 후에 룸살롱 하나 넘겨준다고 했습니다."

"몇 년 돌 것 같나?"

"못 해도 5년은 받을 것 같습니다. 신경을 안 써주면 최대 8년까지 빵빵이 돌 것입니다. 어떻게 합니까?"

"5년? 허벅지에 근육 다 빠지겠네. 벌써 나이도 28이지?"

"그렇기는 하죠."

"그럼 5년이면 33이고, 8년이면 36이네?"

"그렇게 됩니다."

"사식이나 많이 넣어줘라."

"그 말씀은……."

우 실장 부하의 표정이 애매했다.

"신경 끄자고. 자기 밥그릇도 제대로 관리 못하는 놈은 소모품이다. 원래 그렇게 쓰려고 데려온 거고."

"하지만 갑자기 손을 떼면 이것저것 나불거릴지도 모릅니다."

"그러니까 사식이라도 잘 넣어주라고. 약속도 해주고."

어떤 이들은 말한다. 약속은 깨지라고 하는 거라고.

그리고 지금 우 실장에게 스카우트가 됐던 이창명은 소모품으로 전락했다. 이제 삼류 조폭에서 시간을 좀먹고 늙은 양아치로 살아가야 할 팔자가 된 것이다.

"…하지만 이번 작업은 좀 무리수가 있던 것 같습니다."

부하가 우 실장의 눈치를 보며 말했다.

"그렇지. 그런데 너도 네 마누라 바람나면 눈 돌아간다."

우 실장의 표정이 어두워졌다.

"……."

"애들 때문에 이혼도 못하고, 젠장! 마음 같아서는 같이 확 묻어버리고 싶지만……."

조폭도 가정은 있었다.

"죄송합니다. 괜히 말씀을 꺼내서."

"됐다. 너는 내 보좌관이잖아. 얍삽한 최문탁이를 상대하려면 너 같은 애도 있어야 한다."

"그럼 왜 이창명이는 그렇게 쓰셨습니까?"

부하의 말에 우 실장이 피식 웃었다.

"머리가 나쁘잖아. 그런데 머리는 나쁜 놈이 의리는 있으니까."

순간 찰나지만 부하의 표정이 어두워졌다.

"왜? 나한테 뒤통수 맞을까 봐 겁나냐?"

"아닙니다."

"옆에 둘 후배는 손에 피 안 묻히게 하는 거다."

그건 다시 말해 이창명은 처음부터 철저하게 소모품이었다는 의미다.

"그리고 그 제비 새끼, 몇 주 나왔지?"

"15주 나왔습니다. 제비라서 두 다리를 다 부러뜨려 놨습니다. 복합 골절이라 회복되어도 앞으로 제비 짓은 못할 겁니다."

"됐네. 망할 여편네."

"형수님한테 신경을 좀 더 쓰시는 것이……."

부하의 입장에서는 우 실장의 행동이 이해가 되지 않았다.

자기라면 바람을 피운 마누라를 그냥 두지 않았을 텐데, 애써 참는 우 실장이 대단하다는 생각이 들었다.

"안 서!"

"예?"

"가족한테 서면 근친이잖아."

우 실장의 말에 부하가 순간 멍해졌다.

"…너도 나중에 결혼하면 안다."

우 실장이 넋두리를 하듯 말했다.

"예."

최문탁의 사무실.

"결국 질렀단 말이지?"

최문탁은 여전히 마산에 있었다.

하지만 마산에서도 조직의 동태를 살피고 있었고, 은밀하게 팀 킬을 꾸몄다. 물론 그 대상은 우 실장이었다.

"예, 아주 작살을 냈습니다, 형님!"

"성격 급하니까."

"예, 좀 불쌍할 정도입니다."

"먹고살게는 해줘라."

"그렇게까지 하실 필요가 있겠습니까? 겨우 제비인데."

"내 일 하다가 그렇게 됐다. 부산 관광호텔 파친코 한 대 주고."

최문탁의 지시에 후배가 놀라 눈이 커졌다 파친코 한 대의 지분이라면 부유하지는 않지만 평생 놀고먹을 수는 있는 정도의 돈이 나왔다. 누가 뭐라고 해도 대한민국은 도박 천국이니까. 사실 토토와 로또 광풍이 불기 전까지는 파친코가 최고였다.

"너무 과하신……."

"상두야!"

"예, 형님!"

"게임에서 내가 한 짓을 팀 킬이라고 한단다."

"그렇습니까?"

"그 아이가 입을 열면 모두가 다친다. 그리고 불구가 됐다며?"

"그렇습니다, 형님!"

"남의 인생 다 써버렸으면 그만큼 줘야 하는 거다. 그래야 사람이 모인다."

"예, 알겠습니다, 형님!"

상두라는 조폭이 감동했다는 눈빛으로 최문탁을 봤다.

"그건 그렇고, 딱하군."

최문탁은 이창명을 떠올렸다.

"아마 우 실장 성격으론 팽 당할 것 같습니다."

"우 실장이라는 둑이 무너지는 것은 한순간이다."

"서울로 올라가실 생각이십니까?"

"마지막 숨통은 내가 끊어야지."

최문탁의 눈빛이 사납게 변했다. 결국 최문탁이 원하는 것은 칠승파였다. 그리고 후계 계도에 가장 걸림돌이 되는 선배인 우 실장을 정리할 계략을 하나씩 펼치고 있었다.

"걔 담당 검사는?"

"말씀하신 대로 부탁했습니다."

"그 검사 별명이 풀 배팅이라면서?"

최문탁은 박동철의 얼굴을 떠올리며 피식 웃었다. 하지만 여기서 중요한 것은 최문탁이 범죄자의 담당 검사까지 지정할 수 있을 정도로 검찰청에 인맥을 형성하고 있다는 것이다.

"예."

"인사 잘하고."

"상품권으로 보냈습니다."

"돈은 안 받는 분이시니까."

"그래도 검사가 너무 썩은 거 아닙니까?"

"썩어?"

"제가 실수한 겁니까, 형님?"

"상두야, 바퀴벌레와 조폭의 공통점이 뭔지 아냐?"

"예?"

“잡아도 잡아도 또 나온다는 거지. 그분은 어느 정도 통제하신다고 생각하는 거다. 아예 박멸할 수 없으니까. 우리 같은 조폭을 뿌리째 뽑아 박멸할 수 있다면 노 씨 범죄와의 전쟁 때 좋은 나라 됐다.”

“아~ 그렇습니까?”

“악어와 악어새의 관계지. 공생, 또는 기생이지.”

역시 달라도 너무 다른 최문탁이었다. 만약 최문탁이 더 큰 힘을 가진다면 조직의 세계에서는 엄청난 변화가 일어날 것이다.

*　　　*　　　*

이창명이 있는 조사실 앞 복도.

—이창명이에 대해 찾으라고?

사실 조명득은 청명회 관리 차 외근을 나갔다. 사실 청명회의 명단은 나도 정확하게 모른다. 아니, 조명득은 그래야 내게 화가 미치지 않는다면서 몰라야 한다고 말했다. 다만 서울역 노숙자부터 각계각층의 인물들이 있다는 것만 알고 있다. 그리고 꽤 많은 돈이 들어가고 있고.

‘2차 지원금으로 50억이 나갔지.’

벌써 70억째 들어가고 있다. 물론 내가 숨겨놓은 재산은 계속해서 늘어나고 있으니 상관은 없지만 말이다.

“뭐든 찾아서 메일로 보내.”

—왜?

“멍청한 새끼가 팽 당한 것 같다.”

—그래도 고향 까마귀라도 챙길라고?

"칠승파."

내 말에 조명득이 잠시 대답이 없다.

—너무 크지 않나?

"그러니까 천천히 접점을 찾아야지."

—알았다. 뭐든 까보지, 뭐. 참, 내가 아는 걸로는 그 새끼 엄마가 심부전증이라신다.

"효자냐?"

조폭이라고 부모에게 막나가는 놈들만 있는 것은 아니다. 효자도 있고 가족을 끔찍하게 생각하는 놈들도 많다.

사실 따지고 본다면 각계각층의 엘리트보다 조폭이 부모에게 더 잘하는 사람이 많다.

—돈은 많이 들어간다고 하더라.

"…알았다. 끊자."

—그리고 내가 엄청난 것을 또 만들었다.

"뭔데?"

—집에서 알려줄게.

"알았다."

박동철이 조사실로 향할 때 서울지검은 초비상 상태로 돌입했다. 특별한 사건 때문은 아니지만 검찰총장이 갑작스럽게 순시를 한다고 했기에 지검장과 차장검사들이 검찰청 앞에 도열해 있는 상태였다.

"연락도 없이 군기가 빠졌나, 안 빠졌나 순찰 오셨습니까?"

지검장은 현 검찰총장의 1년 후배이다.

"총장실에만 있으면 세금 도둑이라고 한다면서요? 하하하!"

"하하하! 그렇습니까?"

"평검사들이 요즘은 어떻게 피의자 심문을 하는지 보고 싶기도 하고, 제가 평검사일 때 추억도 떠오르고 해서 그냥 추억 팔이 차 왔습니다. 신경 쓰지 마세요."

꼭 이런다. 높은 사람들은 신경 쓰지 말라고 하지만 아랫사람의 입장에서는 절대 신경을 안 쓸 수가 없다. 그리고 가끔 높은 사람들 중에는 119에 전화해서 친절도를 알아본다면서 '나 도지사입니다'라고 밝히는 사람도 있다.

물론 그런 경우 전화를 받는 대원들은 장난전화인 줄 안다. 그것도 어떤 면에서는 또 다른 의미의 권위 의식이고 갑질이다. 물론 아직 일어난 일은 아니지만 말이다.

"가봅시다. 나도 예전에 여기서 부장 검사를 했었죠."

마치 자신이 근무했던 곳을 돌아보는 것 같다.

"예, 그러시죠."

"그때 지검장은 평검사였죠?"

"그렇습니다, 선배님!"

"한번 봅시다. 요즘은 어떻게 조사를 하는지."

그렇게 검찰총장은 추억 팔이를 위해 서울지검을 방문했고, 마침 박동철이 이창명을 조사하기 위해 조사실로 가고 있었다.

"조사실에 누가 조사하고 있어?"

지검장의 안내를 받아 검찰총장이 본청 건물로 들어설 때 부장 검사가 평검사에게 물었다.

"풀 배팅이……."

살짝 불안해지는 부장 검사이다.

"다른 검사는 없어?"

"예, 없습니다."

"…이거 뒷목 잡을 일 생기는 거 아닌지 모르겠다."

"제가 먼저 뛸까요?"

"늦었다."

부장 검사가 인상을 찡그렸다.

나는 조사실에서 덤덤하게 이창명을 보고 있고, 이창명은 살짝 긴장한 표정이다. 조사실에 오기 전에 이창명의 죄목을 봤다.

'단순 폭행이라고?'

살짝 이해가 안 됐다. 9년차 조폭이자 칠승파의 조직원이다.

사실 일반인들이 무서워하고 상대하는 조폭이라고 불리는 것들은 동네 조폭이나 양아치다. 칠승파처럼 전국구 조폭은 확실한 이익이 보장되지 않는다면 절대로 민간인을 건드리지 않는다. 그런데 이창명은 단순 폭행으로 피해자를 전치 15주로 만들어놓았다. 시비가 붙어서 일어난 싸움이라고 하기에는 모질게도 팼다.

'조직의 알력 싸움은 아닌 것 같고.'

더 황당한 것은 피해자가 범죄 사실은 없지만 꽤 인기 있는 제비라는 것이다.

'애인이 엮였나? 쩝!'

아무리 접점을 잡으려고 해도 조직과 연결된 사건은 아닌 것 같다. 그렇다고 해서 우발적인 단순 폭행도 아니다.

전치 15주의 상해니까.

"한 대 피울래?"

"고맙습니다."

"꼈다. 편하게 이야기하자. 그래도 친구잖아."

친구. 한글의 단어는 하나의 단어로 여러 가지 의미를 가진다. 친구도 그런 단어이다.

"어머니는 건강하시고?"

나는 이창명에게 담배를 건네며 어머니에 대해 물었다.

"우리 엄마 아나?"

"너 조사하다 보니 알게 됐다."

"…그렇지."

"담배 피워라."

살짝 기분이 묘했다.

"휴우……."

이창명이 길게 담배 연기를 뿜어냈다.

"조사는 언제 합니까?"

담배를 피울 때라도 편하게 이야기하자고 했는데 이창명은 내게 존댓말을 했다. 이것이 신분의 차이일 것이다.

"다 피웠나?"

"며칠 만에 피우니까 머리가 띵하네."

"몇 번째고?"

"뭐?"

"네 번째 검거되는 거지?"

내 말에 이창명이 아무 말도 않고 다시 담배를 깊게 빨고 휴하며 담배 연기를 뿜어냈다.

"…그러네."

"내가 알고 있기로는 열아홉 살부터 지금까지 온전하게 밖에서 눈을 본 적이 한 번 정도 있는 것 같더라?"

살짝 감성적으로 접근했다.

"…그랬나?"

만감이 교차하는 모양이다.

조사실 앞 참관실.

많은 기계가 보이고, 두꺼운 유리벽으로 담배를 피우고 있는 이창명과 박동철이 보인다. 그리고 문을 열고 지검장의 안내를 받으며 검찰총장이 참관실로 들어왔다. 검찰청장은 서로 담배 연기를 뿜어내고 있는 이창명과 박동철을 보며 찰나지만 인상을 찡그렸고, 뒤에 있던 지검장과 부장 검사의 표정은 굳어졌다.

"요즘 검사는 피의자랑 친구처럼 담배 피우면서 조사하네요."

말에 뼈가 있다.

"…죄송합니다."

지검장이 바로 죄송하다고 말했다.

"괜찮아요. 수사 기법에는 여러 가지가 있으니까."

말은 그렇게 했지만 눈빛은 서늘했고, 그런 눈빛은 부장 검사에게 비수로 느껴졌다.

'저 꼴통이 잠잠하더니……!'

부장 검사는 인상을 찡그렸다.

"요즘 검사들은 수사 기법도 자유분방해서 좋네요. 허허허!"

검찰총장이 웃는 것은 웃는 것이 아니었다. 사실 대쪽으로 정평이 나 있는 검찰총장이었기에 검찰의 기강을 무엇보다 중요하게 생각했다.

"총장님, 차라도 한 잔 하시죠?"

"마셔야죠. 하하하!"

그렇게 상황이 폭풍전야로 변했다.

"…저 꼴통, 피의자 조사 끝나면 옥상으로 오라고 해."

부장 검사가 평검사에게 속삭이듯 말했다.

조사실.

"이제 시작합시다, 이창명 피의자."

"예, 검사님."

"사건 동기가 없던데 왜 그랬습니까?"

의문이다. 이창명에게는 그 제비를 작살낼 동기가 없었다.

"기분이 더러워서요."

"그런 식으로 말하면 일이 커집니다."

"그냥 기분이 더러워서 그랬다니까요."

"최대 8년형이라고 했어요."

"…할 수 없죠."

"약속은 받았나?"

배를 째라는 이창명에게 단도직입적으로 물었다.

"무슨 말씀이십니까?"

"누가 조지라고 하데?"

"그런 거 없습니다."

"너, 애인 있냐?"

"검사님이라고 자꾸 반말하시면 안 되는 거 아닙니까?"

"그렇죠. 딱해서."

지이이잉~

그때 테이블 위에 올려놓은 내 핸드폰이 울렸다.

[피해자 제비. 제비한테 당한 여자는 칠승파 우 실장 마누라.]

조명득의 문자 메시지였다.

놀랍다. 이렇게 빠르게 첩보를 수집해 올 줄은 몰랐다.

"우 실장이 시킨 겁니까?"

내 질문에 이창명의 눈빛이 찰나지만 떨렸다.

"…묵비권을 행사하겠습니다."

참 좋다. 말하고 싶지 않은 것은 말하지 않을 권리가 피의자에게 있으니까.

"묵비권이 꼭 이득이 되는 것이 아닙니다."

"……."

"휴, 창명아, 너 벌써 네 번째다."

"그래서?"

이창명이 처음으로 나를 째려봤다.

"네 위치를 묻는 거다. 내가 우 실장이면 옆에 둘 후배는 손에 피 안 묻히게 할 거다. 일할 때마다 돈 받았을 거고."

이창명의 어머니가 심부전증이다. 그러니 돈을 요구했을 확률이 크다. 그래서 우 실장의 눈 밖에 났을 수도 있다.

조폭은 의리가 있다?

그건 개소리다.

"뭘 말하고 싶습니까, 검사님? 이간질이라도 시키고 싶습니까?"

"수갑 풀어줄까?"

내 말에 이창명이 멍해졌다.

"풀어주시렵니까?"

"우리 묻지도 따지지도 말고 한번 깔까?"

"서로 고소 없이?"

"그런 거지."

"왜? 9년 전에 당한 것이 억울했나?"

검사와 피의자의 관계와 서로 왕년에 주먹질을 한 사이가 묘하게 교차하고 있다. 물론 이 역시 내가 유도한 것이다.

사실 조금은 가엽다는 생각이 든다. 내가 미래의 기억이 없다면 검사로 조폭의 똥끝까지의 생리를 알지 못했을 것이다.

대충 아는 것과 확실하게 아는 것은 분명 차이가 있다.

"치자."

나는 바로 수갑 열쇠를 꺼내 이창명의 수갑을 풀어줬다.

누가 본다면 또 미친 꼴통 소리 들을 것 같다.

"후회하지 마십시오, 검사님. 예전에 제가 이겼습니다."

"그건 왕년이고."

"실력이 일취월장하셨어야 할 겁니다."

"잠시만!"

나는 조심스럽게 조사실 중앙에 위치해 있는 책상을 치웠다. 그리고 그런 나를 본 이창명도 자신이 앉아 있던 의자를 치웠다.

'이렇게 보니 옥타곤 같네.'

이제는 도망칠 곳도 없다.

"왜 이러는데?"

—왜 이러는데?

검찰총장이 가자마자 급하게 부장 검사가 조사실로 씩씩거리며 뛰어들었다. 그와 동시에 테이블이 치워지면서 이창명이 박동철에게 말했다. 놀라운 것은 책상을 옆으로 치우다가 박동철도 모르게 참관실 스피커를 켰다는 것이다.

"저거, 왜 또 지랄이냐?"

눈에는 살기까지 감도는 부장 검사이다. 부장 검사 옆에는 이 상황이 갑갑하기만 한 평검사들이 인상을 찡그리며 아무 말도 못하고 서 있다.

"저 꼴통 새끼가 무슨 짓을 하려고 피의자 수갑까지 풀었어?"

부장 검사의 데시벨이 올라갔다.

"혹시 원 펀치 쪼개려는 거 아닐까요?"

평검사 하나가 혹시나 하는 생각에 말했다.

"야! 지금이 쌍팔년도야?"

"죄송합니다."

—준비됐나?

박동철은 웃옷을 벗고 손목 와이셔츠 단추까지 풀었다.

—나는 됐다.

"부, 부장님!"

"저거 완전 꼴통이네. 지금 저 새끼가 피의자랑 원 빤치 쪼개려는 거지? 그것도 검찰청 조사실에서?"

부장 검사는 어이없다는 표정으로 씩씩거렸다.

"말려야 하지 않겠습니까? 제가 알고 있는 이창명은 칠승파 행동대장입니다."

평검사 하나가 박동철이 걱정된다는 듯 부장 검사에게 말했다.

"그냥 둬라. 내가 패 죽이고 싶었는데 잘됐다. 맞아 뒤지게."

이건 부장 검사의 솔직한 심정이었다. 하지만 내심 걱정이 되는 것도 사실이다.

'하여튼 저 새끼는 어디로 튈지 모른다니까.'

―간다.

스피커로 이창명의 목소리가 들렸다.

*　　　*　　　*

강솔미의 오피스텔.

"짐 다 쌌지?"

강솔미는 강간사건 고소로 3억을 챙겼다. 강솔미의 입장에서는 한 번 당해주고 번 일당치고는 엄청난 돈이었다.

"짐이야 포장 이사가 다 알아서 하지."

"그러네. 서울도 잠시 안녕이네."

"왜 서울 뜨는데?"

남자가 강솔미에게 물었다.

"한 번 먹은 곳에서는 잠시 떠나주는 것이 좋아. 지나다가 마주치면 당한 쪽이 기분 상하잖아."

"그런가?"

남자는 피식 웃었다.

"그런데, 솔미야. 내 몫은……."

"오빠 몫?"

"내가 돈을 쓸 데가 생겨서……."

"당연히 오빠 몫은 챙겨줘야지."

강솔미는 웃었다.

"저번에도 받기는 했는데……."

남자가 말꼬리를 흐리는 것은 자신의 몫이 너무 적다고 생각하고 있기 때문일 것이다.

"그런데 오빠."

"왜?"

"우리가 동업자야?"

"뭐?"

"오빠가 몫이라고 말해서. 나는 오빠를 동업자가 아니라……."

사랑하는 사이가 아니었냐는 느낌으로 말하면서 정작 그 말은 말꼬리를 흐리는 강솔미였다.

"미안해."

"아니야. 오빠도 돈 쓸 데가 많겠지."

"그, 그게……."

"알았어. 짐부터 싸자."

강솔미는 그렇게 말하고 언제 얼마를 어떻게 주겠다는 것은 말하지 않았다.

'망할 새끼, 이제 머리 컸다는 거네. 내가 3억짜리야. 나 먹으려면 3억이라고! 알아?'

자신의 몸을 돈으로 환산하는 강솔미였다.

'슬슬 정리해야겠네.'

순간 강솔미의 눈빛이 사악하게 변했다. 물론 그 눈빛을 결코 남자에게 들키지 않을 강솔미지만. 그리고 강솔미의 선악의 저울 수치가 빠르게 악 쪽으로 기울어졌다.

84 : 16

이 정도의 악의 수치면 절대 악에 가깝다.

하여튼 남자가 땀을 뻘뻘 흘리며 마지막 이삿짐을 정리하며 강솔미의 눈치를 봤고, 강솔미는 의도적으로 자신의 속살을 보이며 묘한 분위기를 만들고 있었다.

"솔미야."

"왜 오빠?"

"짐도 다 쌌는데……."

"왜에에에?"

"한번 하자."

야생의 동물 중에서 수컷의 생존에 가장 위협을 끼치는 순간이 교미를 할 때라는 연구 자료가 있다.

"여긴 먼지가 많잖아. 나가자. 교외로 가서. 호호호! 굿 바이 섹스 한 번 해야지."

"굿 바이 섹스?"

"당분간 서울은 굿 바이잖아."

"아, 그렇지."

그렇게 말하고 남자는 자동차 키를 챙겼다.
“주차장에서 차 빼놓을게.”
“응, 오빠!”
그렇게 남자는 급하게 나갔다.
“너는 나한테 아낌없이 주는 나무지.”
강솔미는 그렇게 중얼거리며 핸드폰을 꺼내 어디론가 전화를 걸었다.
—오랜만이네!
전화를 받은 남자의 목소리가 음침하다.
“좋은 물건 있는데.”
—데리고 와.
순간 통화를 하는 강솔미가 사악한 미소를 머금었고, 그와 동시에 선악의 저울 수치가 변했다.

92 : 8

거의 박동철과 비슷한 수치였다.

* * *

검찰청 조사실.
“간다.”
“와라!”
나는 이창명을 노려봤다. 9년 전에는 놈에게 당해줬다.

오늘은 죽을 만큼 패놓고 사람 만들어야겠다. 어떤 면에서는 내가 이창명을 조폭의 세계로 보냈다고 할 수 있었다. 내가 가지 않으려고.

사실 내 미래의 기억에 이창명은 그냥 지방 양아치였다. 그런데 지금은 이렇게 전과 3범의 조폭이 됐다. 그리고 내 예상이지만 칠승파에게, 아니, 우 실장에게 버려졌다. 물론 이창명의 입장에서는 나중에 잘해 주겠다고 약속받았겠지만 말이다.

하지만 조직의 약속은 깨지라고 있는 것이다. 그리고 내가 아는 조폭 수뇌부 중에 약속을 지키는 조폭은 최문탁밖에는 없었다. 비정한 거리라는 영화처럼 조폭의 주식은 배신이니까.

"이게 검사 됐다고 깝치네."

이창명이 나를 향해 달려들었다. 눈동자에는 이번 싸움으로 자신이 가지고 있는 울분을 토해내고 싶은 모양이다.

"이 병신 새끼야!"

나는 버럭 소리를 지르며 달려드는 이창명의 턱을 주먹으로 그대로 날렸다.

퍼어억!

"컥!"

이창명은 원 펀치에 바로 전투력을 상실하고 내 앞에 무릎을 꿇었다.

"으윽……."

스스로도 이 상황이 믿어지지 않는 눈빛이다. 그리고 자신이 방심했다는 눈빛도 살짝 보였다.

"병신 새끼야! 헌신하면 헌신짝처럼 버려지는 거야!"

"이, 이런 젠장……."

"다시 할래?"

"내가… 방심했다."

그리고 다시 천천히 일어난 이창명이 나를 노려보며 접근했다.

퍼퍼퍽!

나는 내게로 접근하는 이창명의 복부에 연속으로 세 번이나 주먹을 퍼부었다. 이런 일대일 싸움에서 반 박자 빠른 공격은 필승이다. 그리고 나는 이창명보다 한 박자 더 빨랐다.

"으윽!"

이창명이 다시 신음 소리를 내며 한쪽 무릎을 꿇었다.

"옛, 옛날에……."

"멍청한 놈아, 져준 거다."

내 말에 이창명의 눈동자가 파르르 떨렸다.

좁은 조사실에서 결투라도 하는 듯 싸우고 있는 박동철과 이창명을 보고 있는 검사들은 멍해졌다.

"저거, 저 꼴통이 저렇게 쌈질을 잘했나?"

부장 검사도 놀란 표정을 숨기지 못했다.

"좀 놀았다는 것은 알았지만……."

"…걔는 그냥 쌈꾼이네. 저거 검사 안 됐다면 조폭 됐겠네."

부장 검사가 어이가 없다는 투로 말했다.

"그런 것 같습니다."

"하여튼 저 새끼는 어디로 튈지 모른다니까."

그래도 검사가 조폭한테 맞지 않고 때렸다는 것에 살짝 화가 풀린 것 같은 부장 검사였다.

"그래도 안 맞고 때리니까 다행이네요."

"쳐 맞아 뒤졌어야 하는데! 망할 새끼! 그래야 내 발을 안 더럽히는데!"

이건 다시 말해 조인트를 확실히 까겠다는 의미였고, 모든 평검사가 인상을 찡그렸다. 못된 놈 옆에 있으면 벼락을 맞는 거고, 어이가 없지만 대한민국의 헌법에서도 연좌제가 사라졌지만 검사 기강을 위해서 여전히 검찰청에는 연좌 책임이 잔존해 있었다.

"그럼… 집합은?"

"옥상이다."

"…예."

조사실.

"또 할래?"

내 말에 무릎을 꿇고 있는 이창명이 어금니를 꽉 깨물었다.

"이……."

"내가 제갈공명은 아니잖아."

"뭐?"

"제갈공명 알지? 남만의 족장을 잡을 때 일곱 번 싸워서 일곱 번 이기고 그 족장을 안 죽이고 풀어줬다."

"무슨 소리를 하고 싶은데?"

"너는 나한테 못 이긴다고."

내 말에 이창명이 나를 노려봤다.

"…나한테 왜 이러는데?"

"몇 년 살고 싶냐?"

"뭐?"

"너, 버려졌다고. 칠승파, 아니, 우 실장이 너 버렸다. 만약 너를 옆에 두려고 했다면 합의를 보려고 했지, 그딴 일은 안 시켰을 거다."

"이 새끼가 끝까지 이간질이네!"

"조사 끝나고 구치소 가서 잘 생각해 봐라. 네가 밖에서 일해야 어머니 병원비라도 벌지."

내 말에 이창명은 어금니를 꽉 깨물었다.

"손 내놔라."

이창명이 두 손을 내밀자 나는 다시 수갑을 채웠다.

"잘 생각해 보고 다음에 이야기하자."

"…내가 배신하는 일은 없다."

"아까 헌신하면 헌신짝처럼 버려진다고 했잖아, 이 빙시야!"

나는 그렇게 말하고 이창명의 어깨를 툭툭 쳤다.

그 순간 이창명이 미세하지만 파르르 몸을 떨었다.

'심리적 변화가 있군.'

그럼 된 거다. 이건 칠승파를 잡는 포석과 같은 것이다. 거대한 조직을 잡으려면 이렇게 수많은 포석을 깔아야 한다. 아무리 바빠도 해야 할 일이니 한 거다.

검찰청 옥상.

팍!

"악!"

팍!
"악!"
팍!
"으윽!"
부장 검사님이 분노의 조인트를 날리고 계시다. 물론 나는 아직까지 이 집합의 이유를 모르고 있다. 함구령이 떨어진 것 같다.
"이 꼴통 새끼!"
부장님의 조인트가 내 앞에서 멈췄다. 이건 나를 봐주는 것이 아니라 정말 나한테 화가 나서 나에게 엿 먹이는 거다. 그리고 내가 조인트가 까이지 않자 같이 집합을 당한 선배 검사들이 나를 째려봤다.
팍!"
"으윽!"
팍!
"악!"
팍!
"부, 부장님!"
분노의 조인트는 도돌이표다. 그리고 또 내 앞에서 멈췄다.
'아주 나를 죽일 작정이시네.'
절로 인상이 찡그려졌다.
"야, 흡연충!"
"예?"
"너, 왜 집합 당했는지 알아?"
21세기에 지성들이 모여 있다는 검찰청에 이런 쌍팔년도 집합이 있다는 것을 알면 국민들이 아주 놀라실 것 같다.

"…죄송합니다."

빠르게 머리를 돌렸다.

'혹시 보셨나?'

사실 이창명에게 담배를 건넨 것은 감성 팔이 차원에서 한 건데 보신 모양이다.

"왜 맞는지는 알아?"

물론 나는 아직 한 대도 안 맞았다.

"흡연한 것 때문에?"

"…총장님이 보셨다. 너는 확실하게 나랑 같이 찍혔다."

어이가 없게도 검찰청에도 계파라는 것이 있고, 나는 부장님 계파로 통했다. 결국 부장님은 후배 하나 잘못 건사한 탓에 검찰총장님께 찍힌 것이다.

"…죽을죄를 지었습니다."

"시말서 제출해."

"예, 부장님!"

"그리고 너, 왜 조사실에서 피의자랑 쌈질이냐?"

"포석을 깐 겁니다."

"포석? 무슨 놈의 포석?"

"칠승파잖습니까?"

"그래서? 친해지려고?"

"알아두면 좋죠. 끈끈하게."

"이 꼴통 새끼가! 하여튼 오늘부터 내 지시가 있을 때까지 검찰청 울타리 안에서는 금연이다!"

죽음이 눈앞에 닥치는 순간이다. 선배들이 나 때문에 조인트를 까였을 때보다 더 무섭게 나를 노려보고 있다.

'부장님이 퇴장하시면…….'

내가 살아날 확률은 이 5층 옥상에서 뛰어내리는 것이 더 높을 것 같다.

"알겠어?"

"예, 알겠습니다."

"똑바로 해라. 자꾸 꼴통 짓 하지 말고."

"예, 선배님!"

그렇게 부장 검사님은 선배들만 조지고 내려가셨고, 이건 다시 말해 선배들이 나를 조질 차례인 것이다.

"야, 벤츠!"

"예, 선배님!"

"꼴통 짓 좀 작작 하자."

"예."

퍽!

"으윽!"

"대답은 잘한다. 엎어!"

국민들은 모를 것이다. 검사들에게 줄빠따가 있다는 것을.

나도 얼마 전에 알았다.

"사법고시까지 패스하고 이렇게 살고 싶냐?"

"죄송합니다."

"나도 검사 6년 차인데 조사실에서는 안 피운다."

입에 침도 안 바르고 거짓말을 하신다.

검사 중에 조사실에서 담배 안 피우는 검사는 없다.
"마음 같아서는 줄빠따를 치고 싶지만 참는다. 그래도 우리는 사법고시 합격한 엘리트잖아?"
검사와 변호사는 엘리트 의식이 넘쳐났다.
"죄송합니다."
"내가 옥상에서 조인트나 까이려고 사법고시 합격한 줄 알아?"
이 자리에 집합당한 선배는 딱 세 명이다. 그리고 지금 첫 선배의 훈계가 이어지고 있고, 나머지 두 선배는 조금 떨어진 곳으로 가서 담배를 입에 물고 있다. 금연이라고 했지만 보는 눈이 없으면 지켜지지 않는다. 그게 검찰청이라고 해도.
"죄송합니다."
그렇게 구구절절 훈계가 이어졌다.
'그냥 줄빠따를 치시지.'
어떨 때는 질질 끄는 잔소리보다 몇 대 맞는 것이 더 편할 때가 있고, 선배의 훈계가 계속되자 두 선배는 짜증 난다면서 그냥 옥상에서 내려갔다.
'다음에 술이라도 한잔 사드려야겠네.'
결국 나 때문에 조인트가 까인 거니까.
"하여튼 잘 좀 하자."
저 소리를 지금 33번째 하고 있다.
'욕구 불만이신가?'
한 말 또 하고, 또 하고 있으니까.
"잘해!"
"예, 선배님!"

그렇게 폭풍 잔소리는 끝이 났다.

구치소 특별 면회실에서 이창명이 심각한 얼굴로 앉아 있고, 변호사를 대동한 우 실장의 부하가 표정이 굳은 이창명을 보았다.

"오늘 피의자 조사 받았다면서?"

"…예."

"걱정할 것 없다. 변호사님 제대로 모셨다."

사실 변호사가 이곳에 와서 할 말은 없었다. 하지만 변호사를 대동하고 와야 이렇게 특별 면회실을 쓸 수가 있었다. 그래서 돈 없으면 구치소에서도 고생한다는 말이 있다.

"감사합니다."

"우 실장님께서 무척이나 고마워하신다. 사실 남한테는 말 못 할 사정이잖아."

우 실장 부하의 말에 이창명은 공감한다는 듯 고개를 끄덕였다.

"빙시 새끼야! 옆에 둘 놈이라면 절대 손에 피 안 묻히게 한다."

하지만 이 순간에도 이창명은 박동철이 자신에게 한 말이 떠올랐다.

"…저, 형님!"

"왜? 할 말 있냐?"

"…어머니 좀 부탁드립니다. 이번에는 꼭 수술을 해야 합니다."

"그렇지. 가평 공장 박 선생한테 말해놨다."

그러고 보니 강솔미가 남자를 데리고 가는 곳도 가평이다.
“예? 가평 공장으로요?”
이창명은 무슨 말이지 몰라 되물었다.
“하여튼 그런 거 있다. 걱정하지 마. 우리가 남이가. 같은 식구 안 챙기면 누굴 챙기겠냐.”
“…예, 감사합니다, 형님.”
“그냥 몇 바퀴 푹 쉰다고 생각해. 나머지는 우리가 다 알아서 하마. 그리고 졸업하는 날 강남에 있는 룸살롱 하나 넘겨주시겠다고 우 실장님께서 말씀하셨다.”
그 말에 이청명은 돈 받고 한 일인데 보상이 과하다는 생각이 들었다.

“약속은 깨지라고 있는 거다.”

“감사합니다.”
“조용히 푹 쉬고 와라. 영치금 넣었다. 든든하게 먹고.”
“예.”
“아마 마산으로 갈 거다. 거기 식구들 많은 거 알지?”
“예, 형님!”
“잘 챙겨줄 거다. 걱정 말고.”
“…예.”
자꾸 보상이 과하다는 생각이 드는 이창명이다.
그리고 박동철이 한 말이 자꾸 걸렸다.

*　　　*　　　*

"왜 이렇게 외곽으로만 돌아?"

굿 바이 섹스를 위한 드라이브라고는 하지만 너무 멀리 왔다는 생각이 드는 강솔미의 남자였다.

"좀 좋은 곳에서 하고 싶어서."

"이 근처에는 널린 것이 러브호텔이잖아."

"…모텔은 이제 재미가 없어."

"뭐?"

"카섹스가 요즘 자극이 되네. 호호호!"

순간 남자가 묘한 눈빛을 보였다. 그리고 운전을 하고 있는 강솔미의 허벅지로 손이 갔다.

"오빠~ 운전하는데 이러면 사고 날 수 있어."

"흐흐흐, 조금만."

그리고 바로 남자는 고개를 숙여 강솔미의 허벅지를 혀로 핥으려고 했다. 운전 중에 저런 자세가 된다는 것이 놀랍기만 하다.

"오빠아아아아~"

어쩔 수 없다는 듯 강솔미가 한적한 외곽에 차를 세우고는 폭풍 섹스가 이어졌다. 사실 카섹스는 묘한 자극이 있다. 남자는 강솔미의 몸으로 파고들었다.

"오빠~ 아아아~ 내가 3억 짜리 몸인 거 알지?"

"으~ 으응~"

이미 남자의 몸은 빠르게 움직이고 있었다. 하지만 강솔미는 특별한 감홍이 없는 눈빛이지만 애써 흥분되는 척하고 있다.

"하아아~"

"좋아?"

"굿 바이 섹스가 엄청 강렬하네."

"그래, 서울은 이제 안녕이지. 헉헉헉!"

남자가 절정에 도달하는 것 같다.

그리고 곧 사정을 했고, 남자는 강솔미의 몸에 쓰러졌다.

"휴우……."

남자가 8초의 쾌락에서 깨어나더니 길게 한숨을 쉬었다.

"오빠~ 힘들지?"

강솔미는 브래지어를 착용하며 한 손으로는 조수석 공간에 넣어둔 음료수 두 병을 꺼냈다.

"오빠가 남는 건 힘뿐이다. 여기까지 왔는데 한 번 더 할까?"

남자가 허세를 부렸다.

"그럼 그럴까? 이거 마시고 하자."

"고마워."

남자가 강솔미를 보며 미소를 보였다. 그리고 단숨에 강솔미가 건넨 드링크를 마시며 물었다.

"넌 안 마셔?"

"담배 피우고 있잖아."

"솔미야~"

남자가 음료수를 다 마시고 여전히 담배를 피우고 있는 강솔미에게 덤벼들며 강솔미의 가슴을 만졌다. 하지만 그것도 잠시, 남자의 눈동자 초점이 흐려지면서 스르륵 정신을 잃었다.

그 순간 강솔미의 눈동자가 차갑게 변했다.

지지직!

놀랍게도 강솔미는 피우고 있던 담배를 남자의 어깨에 비벼 껐다. 하지만 남자는 깨어나지 않았다.

"여보세요."

강솔미는 어깨를 이용해 누군가와 통화를 하면서 스타킹을 신고 있었다.

—어디야?

"저번에 그 자리지. 그런데 요즘 왜 이렇게 CCTV가 많이 생겼어? 짜증 나게."

—아무 걱정 마세요. 차는 미리 보냈다.

"저기 오네."

—하여튼 좋은 거래 감사합니다.

"언제 계좌로 쏠 거야?"

—바로 쏘지. 아직도 그 계좌야?

"그게 제일 안전하잖아. 이미 뒤졌으니까."

스르륵!

그때 대형 탑차가 강솔미가 모는 차 앞에 섰고, 강솔미는 차에서 내렸다. 대형 탑차에서 내린 남자가 강솔미를 보며 살짝 묵례를 했다.

"여기 키!"

"예. 그런데 가실 때는?"

"아르바이트 한 번 하지, 뭐. 혹시 모르잖아? 제대로 하나 물지."

"예, 알겠습니다."

그렇게 대형 탑차에서 내린 남자가 강솔미가 몰고 온 차를 천천히 몰아 대형 탑차에 넣었다.

"다음에 또 뵙겠습니다."

"그런데 너, 이 일 오래 한다?"

"요즘은 경기가 안 좋아서 일감이 엄청납니다. 이러다가 중국을 추월할 판입니다."

"그래? 어디라도 경기가 좋으면 된 거지."

강솔미는 사악한 미소를 지었고, 대형 탑차는 어디론가 사라졌다. 그리고 강솔미는 천천히 도로변으로 걸으며 차를 잡았다.

이 세상에서 불변의 진리는 예쁜 여자가 이런 저녁에 국도변에서 차를 잡으면 거의 대부분 선다는 것이다. 그리고 차를 세운 남자는 묘한 상상을 하고, 꽃뱀인 강솔미에게 물리게 된다.

끼이익!

"어디까지 가세요?"

지금 강솔미가 차를 잡은 방향은 서울 반대 방향이다.

"부산 가는데?"

"저도요. 오늘 빨리 가면 해운대 밤바다 볼 수 있을까요?"

"타세요."

"호호호! 고마워요."

강솔미가 살짝 묘한 미소를 보였다.

'또 하나 물렸네. 아우디면 견적 쥐어짜면 5,000은 나오겠네.'

이렇게 강솔미는 악착같이 돈을 벌었다. 그런데 그 돈을 어디다 쓰는지 아는 사람이 없었다.

특별하게 사치를 하는 것도 아닌데 말이다.

*　　　　*　　　　*

서울역 인근 음침한 만화방.

이런 곳을 전문 직종에 있는 사람들은 개미굴이라고 부른다.

"뭐?"

조명득은 자신의 정보원에게 이야기를 듣고 황당한 표정을 지어 보였다.

"말씀드린 것처럼 찾을 수가 없습니다."

"왜?"

"감쪽같이 사라졌습니다."

"다?"

"예, 거의 다 사라졌습니다."

그 순간 조명득의 눈동자가 반짝였다. 이 반짝임은 관심이 생겼다는 의미이다.

"알았어. 수고했다."

"예."

"그런데 도치 년이 안 보이네."

말을 거칠게 하는 조명득이다.

"…업자한테 콩팥 넘기다가 골로 갔습니다."

"왜?"

조명득의 표정이 어두워졌다.

"이유야 잘 모르죠."

"그 업자가 누군데?"

"확인해 볼까요?"

남자가 조명득의 눈치를 보며 물었다.

"아무리 오가다 만나는 서울역 식구라지만 식구인데 어떻게 뒤졌는지는 좀 알고 살자."

"예, 죄송합니다."

오피스텔.

"그게 무슨 말이야?"

조인트 까인 곳에 안티푸라민을 바르며 조명득에게 다시 물었다. 조명득은 설명하기 앞서 내 모습을 보더니 혀를 찼다.

검사가 이렇게 맞고 다니는 줄은 아무도 모를 것이다. 사실 자주 까인다. 검사만큼 군기 잡는 직업도 없을 것이다. 그래서 변호사로 개업하는 검사들도 많다.

"그런데 검사도 조인트 까이냐?"

"그게 무슨 말이냐고?"

"실종이다."

"그러니까 강솔미 옆의 남자들이 하나같이 실종됐다는 거야?"

"그렇지. 아예 찾을 수가 없네."

나도 모르게 표정이 어두워졌다.

"왜?"

"그걸 내가 우째 아노? 이제부터 조사를 해봐야지. 그리고 니가 검사지 내가 검사가?"

"너는 조 조사관이지."

"파견 복귀 몇 개월 안 남았다."

조명득의 신분은 경찰 경위다. 엄밀하게 따진다면 검찰청 소속이 아니라 경찰청 소속이다.

"복귀하려고?"

"아예 팔자 고치련다."

"뭐?"

"그제 검찰 수사관 시험 붙었다."

역시 시험이나 공부는 누구보다 잘하는 조명득이었다.

"아깝지 않아?"

"그러니까 초장에 선택을 잘해야 했어. 그냥 검찰 수사관 고시를 보면 되는데 괜히 갱찰대학을 가서… 으으으! 생각만 해도 치가 떨린다."

조명득의 입장에서 경찰대학 기숙사 생활은 감옥에 간 것이나 다름없었을 것이다. 자극적인 것도 없고 재미있는 것도 없으니까.

"이걸 축하한다고 해야 하나, 미안하다고 해야 하나?"

"아무거나 해라."

"미안해."

"니는 그래서 안 된다. 이왕이면 축하를 해야지."

"하하하! 그럼 축하해."

"그건 그렇고, 이제 우짜지?"

"강솔미의 도구로 쓰이는 남자들의 사라졌다면 접점 하나는 찾은 거지. 뭔가 있겠지."

"그렇지. 근데 큰 것이 걸린 것 같다. 세상을 뒤집을 것 같은."

"큰 거?"

"응, 좀 큰 거."

"그 큰 것이 뭘까?"

"지금은 며느리도 모르는 기제."

내 촉도 그렇다. 뭔가 큰 것이 있는 것 같다.

'그러고 보니 남성 편력이 엄청났어.'

나랑 같이 동거하기 전에도 주변에 남자가 몇 있었다. 원래 그렇게 도화살이 있는 여자들이 화류계로 뛰어든다는 말이 있지만, 내가 아는 강솔미는 그 도화살이 평범한 도화살이 아니라 만개한 정도였다. 거기다가 거부할 수 없는 매력이 있기에 남자라면 누구도 강솔미의 유혹을 뿌리치지 못했다.

그리고 뭔가에 홀린 것 같기도 했다. 분명 돈은 많이 버는데 그 돈을 어디다 쓰는지 알 수가 없으니 말이다.

'…남자들이 사라졌단 말이지?'

나도 모르게 인상이 찡그려졌다.

"그건 그렇고, 창명이 조사는 했나?"

"…했다."

살짝 씁쓸한 생각이 들었다.

"기분이 묘하제?"

"그렇지. 나는 검사고 창명이는 피의자니까."

"팽 당한 것 맞는 기제?"

"확실한 것 같네."

"그 새끼도 따지고 보면 억수로 불쌍한 놈이다."

"왜?"

"옛날에 니랑 쪼갤 때 있잖아."

비 오는 날을 말하는 모양이다.

"그날 왜?"
"그날 칠승파에 스카우트됐다고 하더라."
"아마 그럴 거야. 그렇지 않고서는 남의 학교에 와서 그렇게 깽판을 못 치겠지."
"나도 들었는데 스카우트 제의를 받을 때 3,000인가 달라고 했단다. 우 실장한테."
스카우트지만 계약금 이런 것은 주지 않는다.
"그래서 바로 사고를 친 거네."
"응. 칼로 찌르고 자수해서 감방 가는 조건으로 4,000 받았다고 하더라."
"어떻게 아는데?"
"망치라고, 창원에 창명이 불알친구 있다. 그 새끼한테 들었다."
"그래?"
정말 정보 수집에는 탁월한 조명득이었다.
"그 돈, 어디다 쓰는지 아나?"
"혹시……."
심부전증에 걸렸다는 엄마의 병원비로 쓴 것 같다는 생각이 들었다.
"병원비로 다 들어갔단다. 그 새끼가 꼴에 소년 가장이라네. 애들 삥 뜯어서 병원비로 쓰는."
기구한 팔자는 다 있는 법이다.
그리고 그게 이창명이었다.
"이번에도 돈 받고 한 일이겠지?"
"그렇지. 하여튼 우 실장 그 새끼는 망할 새끼다."

"그래서 엮으려고."

사실 내 목표는 우 실장이다. 거대 조직 칠승파에서도 꽤나 큰 계파를 가지고 있는 존재가 바로 우 실장이었다.

본명 우천재. 이름 하나는 잘 지은 것 같다. 각종 불법 행위에 천재적인 재능을 보이고 있으니까.

"이번 사건으로 엮으려고?"

조명득의 표정이 살짝 어두워졌다.

"그거밖에 방법이 없네. 이 망할 놈의 대한민국은 법을 집행하는 데 너무 요구 조건이 많아. 구속을 시키려고 해도 증거를 제출해라, 뭐 해라 이래서 미치겠다."

우 실장에 대한 구속영장을 신청하려고 해도 증거 불충분으로 구속영장이 기각된다. 물론 나는 아예 시도도 해보지 않았지만 의욕 넘치는 선배들이 했다가 번번이 기각을 맞았다. 그만큼 대한민국의 사법은 증거라는 늪에서 허우적거리고 있었다.

그런데 마침 우 실장이 제대로 꼴통 짓을 해줬고, 나는 이창명을 통해 우 실장을 구속시킬 생각이다.

청부 폭력으로 구속시키고 기타 여죄를 추궁하면 된다.

'의리라고는 쥐뿔도 없으니까.'

우 실장이 그렇게 구속되면 그 자리를 다른 놈이 치고 올라갈 거다. 물론 그러기를 바라는 마음이지만 말이다. 그럼 우 실장의 여죄를 추궁하면서 칠승파가 저지르고 있는 범죄를 찾을 수 있다.

아직까지도 제일 무식한 방법으로 불법 행위를 저지르는 것이 우 실장이니까.

"하여튼 조심해야겠다."

"당연하지."

"너도 그렇고 창명이도 그란데 창명이가 넘어올 것 같나?"

"버려졌다는 것을 알면 넘어오겠지. 이대로라면 최대 8년이고, 보호감찰까지 하면 14년이 넘는다."

내 말에 조명득의 표정이 어두워졌다.

"왜?"

"…그럼 창명이 어머니 돌아가시겠네."

조직의 지원이 없다면 그 엄청난 병원비를 감당하지 못할 것이다. 물론 의료보험제도가 있기에 투석 치료는 가능하겠지만 신장이라는 것이 한 번 상하면 회복이 안 되는 장기이고, 결국 쇼크사로 사망할 수 있었다.

"우리 쪽에 서주면 어떻게든 지원해 줘야지."

"너무 계산적이지 않나? 니가 이거 해주면 내가 이거 해줄게 이러는 것 같다.

듣고 보니 그렇다.

"명득아."

"와?"

"너는 내 스승이다. 바로 치료할 수 있게 해드리자."

"자금 투입하라고?"

사실 돈만 있으면 못 고칠 병이 없다.

아마 조만간 100세 시대 유병장수라는 말이 곧 생길 것이다.

병이 있어도 돈만 있으면 100세까지 살 수 있다는 것이다.

"그렇게 하자."

"알았다. 돈만 있으면 콩팥이 아니라 심장도 산다."

물론 불법이다. 하지만 불법과 편법이 교차되는 세상이고, 돈만 있으면 뭐든지 되는 세상이다.

그래서인지 요즘 불법 장기 밀매 사건이 종종 발생한다.

물론 장기 밀매 브로커에게 사기를 당해 장기만 뜯긴 사람들이 억울해서 신고를 하는 경우가 대부분이지만 말이다.

"…그래도 합법적으로 가자."

내 말에 조명득이 고개를 끄덕였다.

"아마 깡패 새끼라고 해도 효자는 효자니까 장기 이식 신청은 해놨을 거다."

"하여튼 우 실장 잡을 방법은 이창명이 말고는 없다. 지금은."

"검사님!"

다시 이창명이 소환됐다.

아마 그동안 많은 생각을 했을 것이다.

아주 작은 바늘구멍이 결국 둑을 무너뜨린다. 어떤 면에서 이건 이간질이다. 하지만 분명한 것은 이창명은 우 실장에게 소모품일 뿐이고, 지금쯤 이창명도 그 사실을 눈치챘을 것이다.

"말씀하세요."

표정이 담담했다.

그건 어떤 식으로든 결정을 지었다는 의미다.

"그거 꺼주십시오."

"그러죠."

나는 바로 참관실 스피커를 껐다.

"제가 검사님한테 가면……."

이창명의 눈빛이 무겁게 가라앉았다.

"말 편하게 해. 스피커 껐다."

"아닙니다. 제 말 끊지 말고 들어주세요."

"……."

뭔가 단단하게 결심한 것 같다.

"어젯밤에 한참이나 생각했습니다. 그리고 제가 버려졌다는 것도 이젠 압니다. 아니, 검사님이 말하기 전부터 알고 있었습니다."

나도 모르게 지그시 입술이 깨물어졌다.

"검사님."

다시 이창명이 나를 불렀다.

"제가 검사님한테 가면 저는 죽습니다."

나도 모르게 표정이 굳어졌다. 사람은 자신의 목적을 위해 자신이 알고 있는 것을 애써 떠올리지 않는 존재라는 사실을 새삼 느낀다. 내가 교도소를 아는데, 그리고 조직의 비정함도 아는데 지금 나는 이창명을 벼랑 끝으로 몰고 있었다.

"그런 일 없게……."

"지키는 경찰보다 훔치는 도둑이 더 많습니다. 하지만 그래도 갈 겁니다."

이것까지는 생각하지 못했다. 아니, 생각하지 않았다. 오직 우 실장을 잡아넣겠다는 생각만 했다.

"창, 창명아!"

"지켜주세요. 지켜주실 수 있으면."

"…그래, 꼭 지켜줄게."

"목숨은 목숨으로 갚아야 한다고 들었습니다."

다시 이창명의 말투가 담담해졌다. 저 말이 무겁다.

"으음……."

이창명의 눈동자가 비장했다.

"우리 엄마 수술 받게 해주세요. 해외여행도 한번 시켜주고, 하나밖에 없는 아들이 없어지면 검사님이 아들 노릇도 좀 해주세요. 그리고 나중에… 정말 나중에, 그때 말하시고요. 그전에는 사우디로 돈 벌러 갔다고 해주시고요. 그럼 믿을 겁니다. 아버지가 그렇게 가셨거든요. 못 돌아오셨지만……."

사연 없는 사람은 없겠지만 이창명에게도 사연이 있는 것 같다.

"…내가 반드시 지켜줄게."

"교도소 안 가보셨죠?"

회귀한 후로는 교도소에 간 적이 없다. 아니, 갔다면 내가 검사가 못 됐을 것이다. 하지만 회귀하기 전만 해도 교도소가 내 집이나 다름없었다. 나도 거의 12년 동안 교도소에서 눈이 오는 것을 봤으니까.

"거기는 법도 없습니다. 하지만 검사님 말씀대로 하겠습니다."

"창명아, 나를 믿을 수 있겠냐?"

"믿어야죠. 믿고 싶습니다. 그 대신에 저를, 아니, 제 마음을 배신하면… 제가 안 죽으면 검사님은 제가 죽입니다."

남자가 목숨을 걸고 부탁하고 있다.

부탁을 어긴다면 건 목숨으로 다시 내 목숨을 빼앗기 위해 움직일 것이다. 세상에서 가장 무서운 사람이 목숨 버릴 생각으로 움직이는 사람이다. 두려울 것도 없고 아쉬울 것도 없으니까. 그래, 불법을 저지르고 다니는 깡패라고 해서 효자가 아니라는 법은 없다. 그리고 똑같이 좋은 씨앗을 각각 다른 환경에 심으면 그 성장이 다를 수 있다는 것을 느꼈다.

따지고 보면 나는 이창명을 이렇게 만든 책임이 있었다.

"너, 절대 안 죽어."

"걱정 마십시오. 편하게 죽을 수 있게나 해주십시오."

코끝이 찡해졌다.

이창명이 모르게 울기 싫어서 혀를 깨물었다.

"여, 여기……."

나는 이창명의 앞에 진술서를 내밀었다. 그리고 이창명이 자신의 사건에 대한 전말을 진술서에 적었다.

이 진술서에는 내가 원하는 모든 것이 적혀 있었다.

그리고 우 실장이 저지른 범죄 중 이창명이 알고 있는 것들이 적혀 있었다.

검사실.

"최 사무관! 진술서를 바탕으로 법원에 동방건설 우천재 실장 긴급구속영장 신청해요. 긴급입니다, 긴급!"

내 말에 최 사무관이 놀란 눈빛으로 변했다. 그리고 알았다는 듯 바로 컴퓨터 앞에 앉아 구속영장 서류를 준비했다.

"경찰기동대의 지원을 받아야겠습니다. 최소한 다섯 개 중대 이상 지원 요청하십시오."

쪽수로 밀어볼 참이다.

조폭들이 주로 쓰는 방법으로 놈들을 상대할 생각이다.

"예, 검사님!"

제일 먼저 오 수사관이 대답했다.

"제대로 한 건 터뜨리셨네요, 검사님!"

마 수사관도 의욕을 불태웠다.

"이번 검거 작전에 마 수사관은 제외입니다."

"예?"

"내일이 딸 백일이죠?"

"그렇기는 하죠."

"집에 가세요."

긴급 소집이다. 이래서 나랏밥 먹는 사람들은 가정을 돌보기가 쉽지 않다. 사실 우 실장이 있는 동방건설은 이름만 건설사지 거의 용역 회사와 마찬가지였고, 그 직원들이라는 용역은 하나도 빠짐없이 죄다 깡패다. 그러니 무슨 일이 일어날지 모른다.

그래서 이번 작전에 마 수사관은 뺄 참이다.

"검사님!"

"살벌한 곳입니다. 내일 백일잔치는 아무 일 없이 했으면 좋겠습니다. 조카를 위해서."

조카라는 말에 마 수사관의 눈동자가 파르르 떨린다.

"…싫습니다. 팀은 같이 움직이는 겁니다."

"이건 명령입니다."

"검사님!"

"명령! 그리고 이거!"

나는 마 수사관에게 금반지를 건넸다.

"바빠서 포장은 못 했습니다. 한 번만 더 찐따 붙으려고 하시면 항명으로 징계할 겁니다. 봉급 깎이면 형수님한테 죽을 수도 있습니다."

내 말에 마 수사관이 지그시 입술을 깨물었고, 나는 다른 조사관들을 봤다.

"잘 들으세요. 저는 제 팀이 다치는 거 싫습니다. 아마 이번 일은 사시미도 들어올 거고, 각종 연장도 준비되어 있을 겁니다. 단단히 준비하시고 방검복 챙기세요. 방검복이 무거우면 두꺼운 책이라도 복부에 청테이프로 감고 가세요."

사시미 공격에 가장 안전한 방어책은 방검복이 아니라 두꺼운 전화번호부 책을 북부에 넣고 청테이프로 감는 것이다. 그게 방검복보다 더 사시미를 잘 막아준다.

"그리고 총은 쏘라고 있는 겁니다. 위협을 느끼면 발포하세요. 조금의 위협에라도. 아셨습니까? 모든 책임은 제가 집니다. 경찰관들에게도 그렇게 말하세요. 오늘 밤에 검거 완료해야 합니다. 이번에 우 실장을 놓치면 잠수를 타다 바로 중국으로 튈 겁니다."

"예, 검사님!"

목소리가 우렁차다. 내 명령에 감동 먹은 것 같다.

하지만 이건 솔직한 내 마음이다. 법을 집행하는 사람들이 깡패 양아치 새끼들 때문에 순직하는 꼴은 나는 못 보겠다.

이제부터 진짜 전쟁이다.

'우 실장, 너부터 잡는다.'

나는 조폭과의 전쟁을 선포했다.

제8장
전광석화

"뭐? 다섯 개 중대를 요청했다고?"

부장 검사가 벌떡 일어났다가 인상을 쓰며 다시 자리에 앉았다.

"예, 그렇습니다. 그리고 경찰특공대 한 개 중대도 지원 요청했습니다."

"뭐? 그 새끼, 전쟁한대?"

사실 전경 중대 다섯 개 중대면 우천재가 있는 동방건설 빌딩 자체를 포위할 수 있는 병력이다. 경찰기동대 전경 중대 한 개 중대의 병력이 120명이니까 총 600명이 투입되는 것이다.

"그게……."

보고를 하는 검사도 난처했다.

아무리 검찰이 경찰의 상위에 있고 지휘를 하는 입장이라고는 하지만 긴급으로 경찰기동대 전경 중대 다섯 개 중대를 지원 요청한다는 것은 쉬운 일이 아니기 때문이다.

"그리고 아무리 경찰들이 우리 지휘를 받는다고 해도 그게 돼? 경찰청과 검찰청인데!"

부장 검사가 버럭 소리를 질렀다. 항상 판을 키운다고 생각하는 것이다.

"…잘 모르겠습니다."

"지가 검찰총장인 줄 알아! 이 망할 놈의 풀 배팅!"

그리고 박동철이 풀 배팅이라는 별명이 생긴 것도 그만한 이유가 있다는 생각이 들었다.

구형도 풀 배팅!

병력 동원도 풀 배팅!

비도 부슬부슬 오는데 제대로 풀 배팅을 하는 박동철이었다.

"저… 그리고 부장님!"

검사가 박동철의 얼굴을 떠올리면서 부장 검사의 눈치를 봤다.

"또 뭐? 왜 검찰 무기고라도 털었대?"

"…어떻게 아셨습니까?"

"이게 정말 미쳤나!"

박동철이 막나간다는 것을 누구보다 잘 아는 부장 검사이기에 조폭들에게 대놓고 총질을 하지 않을까 걱정이 됐다.

검찰이 피의자를 검거하기 위해 총을 사용한다면 대대적인 사회적 돌발 이슈가 될 테니까.

"…중지시킬까요?"

"중지?"

"예, 하도 문제를 만들잖습니까?"

"구속 영장 나왔대?"

"아직……."

"뭐야? 구속영장도 안 나왔는데 판을 벌렸어? 이 꼴통 새끼가 정말 미쳤나!"

하지만 이미 우천재를 검거하기 위한 대단위 병력은 동방건설 빌딩으로 충동하고 있었다. 물론 아직 지원 요청한 경찰기동대 다섯 개 중대는 출동하지 않았다.

"그동안 넌 뭐 했어?"

괜히 박동철 대신에 욕을 먹는 선배 검사이다.

"…죄송합니다. 워낙 전광석화처럼 움직여서……."

"경찰에 지원 요청을 하는데 그걸 검찰이 몰라?"

"조 수사관이 경찰 파견 수사관이잖습니까. 직급도 경위고……."

"하여튼 왜 형사 8과는 꼴통만 모여 있는 거야!"

하지만 이제는 막을 수도 없는 노릇이 되었다.

*　　　　*　　　　*

서울경찰청.

"선배님!"

조명득이 긴급 소집에 제외가 됐다.

물론 제외된 이유는 경찰기동대 지원을 받기 위함이다. 촛불 시위처럼 대단위 시위도 아닌데, 경찰 다섯 개 중대가 지원한다는 것은 결코 쉬운 일이 아니었다.

그리고 어떤 사건보다 은밀히 움직여야 하기에 한곳의 전경

대대를 다 뺄 수도 없었다.

"야, 나 좀 살려주라. 그게 말이 돼?"

"선배님~ 우천재 잡는 일입니다."

"확실해?"

"예."

"구속영장 떨어졌어?"

"당연하죠. 청부 폭력으로 딱 걸렸습니다. 그리고 기타 여죄가 엄청납니다."

"그건 알지. 증명할 수 있는 거냐고."

"합니다. 왜 못합니까?"

"그래봐야 검찰 공이지 경찰 공이냐?"

"우리 검사, 그런 나쁜 새끼 아닙니다. 책임을 진다고 경찰도 다치지 않게 발포하라고 했다니까요."

"정말?"

"예."

"허, 이거 완전 또라이네."

경찰감이 미소를 보였다.

사실 검찰 중에 피의자를 검거할 때 총기 사용을 자제하라는 말은 해도 총기를 적극 사용하라는 검사는 없었다.

총기를 쓴다는 것은 그 자체가 문제가 될 수 있었다.

국민 정서상 총기에 대한 두려움이 너무 크기 때문이다.

"선배님, 우천재 잡아야 칠승파 잡습니다."

"그건 좋은데 칠승파를 잡아도 그 공백은 다른 새끼들이 메우니까 문제지."

"그래도 잡아야죠. 잡고 잡고 골백번 고쳐 잡아서라도 잡아 족쳐야죠."

"왜, 니 삭신이 진토가 되게?"

"민중의 지팡이지 않습니까."

"말은 잘한다. 알았어. 다섯 개 중대? 전쟁이네."

드디어 승낙이 떨어졌다.

—예.

"수원, 부천, 송파, 의정부, 신천 전경 1개 중대씩 긴급 차출해서 해동건설 빌딩으로 집결시켜."

—예?

"현 시간부로 완전무장해서 집결해!"

—알겠습니다.

삐삐삐! 삐삐삐!

—비상! 비상! 현 시간부로 폭도 진압 무장 상태로 연병장 집합 5분 전! 비상! 비상.

"뭐, 뭐야?"

난리가 났다.

일과가 끝나고 이제야 쉬려는데 비상벨이 울린 것이다.

—비상! 비상! 현 시간부로 폭도 진압 무장 상태로 연병장 집합 5분 전! 비상! 비상.

"시바알, 말년에 꼬이네. 뭐 해, 이 새끼들아! 어서 준비 안 하고! 비상이라잖아!"

*　　　　*　　　　*

마산 파티마 병원.

“와 여기에…….”

이창명의 모친은 넋이 나간 듯 의사에게 물었다.

“이곳에서 치료 받으실 겁니다.”

“…특실이면 억수로 비싸잖아요.”

“병원비는 이미 아드님이 다 치렀습니다.”

“우리 창명이가요?”

“예.”

의사가 흐뭇한 미소를 보였다.

“갸가 무슨 돈이 있다고…….”

“저희는 잘 모르겠지만 해외 송금으로 입금되었습니다.”

“그랄 기요. 우리 아들 사우디 갔응께.”

“아, 예.”

특실 환자이기에 의사도 친절했다.

“훌륭한 아드님을 두셨네요.”

“효자예요, 효자!”

세상이 모두 이창명을 욕해도 그의 엄마는 이창명에 대해 아무것도 모르고 있었다. 이창명이 수감 생활을 할 때면 사우디아라비아 공사 현장으로 갔다고 전화로만 말했으니까. 게다가 죽은 이창명의 아버지도 사우디아라비아에서 현장 기술자로 일했다.

그리고 비행기 폭파사건으로 귀국길에 사망했다.

아마 그때가 88올림픽 준비에 한창일 때일 것이다.

"…정말 효자시네요, 효자."

"의사선생님, 그런데 밖에 비 오나요?"

"조금 내리고 있습니다."

"비 올 때 일하면 우리 아들 힘들 긴데……."

이게 엄마의 마음이다.

"아마 사우디아라비아는 비 안 올 겁니다."

"그럼 좋네요."

"수술 날짜가 곧 잡힐 겁니다. 쉬시며 안정을 취하면 됩니다."

"예, 선생님."

그렇게 의사는 병실 밖으로 나갔다.

따르릉~ 따르릉~

그때 이창명 엄마의 핸드폰이 울렸고, 한참 후에나 가방에서 핸드폰을 꺼내 폴더를 열고 통화 버튼을 눌렀다.

"여보이소."

—엄마! 나야!

이창명이다.

"사우디가?"

—…응, 사우디!

구치소 특별 면회실.

조명득의 도움으로 변호사가 이창명의 면회 신청을 했다. 그리고 이렇게 특별 면회실에서 이창명은 엄마에게 전화를 걸 수 있었다.

사실 이렇기 때문에 돈이 있는 피의자들은 변호사를 고용하고, 가까운 미래에는 쏟아지는 로스쿨 변호사들이 일면 집사 변호사가 된다. 1회 면담에 30만 원 정도 받고 만나주는 것이고, 그 시간 동안 피의자는 변호사를 통해 많은 일을 할 수 있었다.

"…응, 사우디!"

—거, 비 안 오나?

"응, 안 와."

이창명은 창문 밖을 봤다. 철창 창살이 쏟아지는 비 때문에 축축하게 젖어 있고, 어느 순간 창명의 눈가도 젖었다.

—그런데 니가 무슨 돈이 있다고 특실이고? 여기 돈 많이 들제?

"특실?"

—응, 의사 선생님이 니가 돈을 넣었다카데.

이창명은 엄마의 말에 아무 말도 없이 옆에 선 변호사를 봤다.

그리고 지그시 입술을 깨물었다.

"돈 걱정 마라. 내가 돈 많이 벌어올게."

—야야! 나는 돈도 싫다. 몸조심이나 해라. 거기 억수로 덥단다.

"하하하! 덥기는 엄청 덥네."

이창명은 웃지만 눈에는 이미 눈물이 흐르고 있었고, 그 모습에 변호사도 코끝이 시큰했다.

"…엄마!"

—와?

"엄마, 사랑해!"

—와 다 큰 것이 징그럽게!

"엄마, 돈 벌어서 갈게. 끊을게."

—야야! 몸조심하고 높은 사람들 말 잘 듣고.

"응, 끊어. 사랑해, 엄마!"

—알았다.

뚝!

"으허엉~ 으허어엉~"

이창명은 전화를 끊자마자 대성통곡을 했다. 어깨까지 들썩이며 우는 것이 무척이나 서러워 보였다.

자신이 얼마나 인생을 허비했는지 절실하게 느꼈다.

하지만 이제는 돌이킬 수가 없다. 하지만 어쩌면, 정말 어쩌면 다시 살아갈 수 있는 전환점이 될 수 있다는 생각이 들었다.

그리고 박동철의 얼굴이 떠올랐다.

"저기… 이거……."

변호사가 말을 흐리며 수건을 건넸다.

"선생님!"

"예, 이창명 씨!"

"검사님… 아니, 제 친구한테 전해주세요."

"예."

"내 죽어도 은혜는 안 잊겠다고."

"그런 일 없을 겁니다."

*　　　*　　　*

동방건설 우 실장의 사무실.

"으음……."

우 실장은 쏟아지는 비를 보자 왠지 모를 불안감에 휩싸였다.
"왜 그러십니까?"
"비도 오고 기분이 영 찜찜하네."
"오늘 비가 제법 오는 것 같습니다."
"마동우한테 전화 좀 해봐라."
"예?"
"무슨 일 없는지 해봐."
"예, 형님!"
놀랍게도 마동우 수사관이 우 실장과 연결되어 있었다.
물론 시작은 사소한 선물이나 인사치레로 시작되었다. 하지만 어느 순간부터 그 사소한 선물의 덩치가 커지고 상품권이 오가게 됐다. 가랑비에 옷이 젖는 것처럼 그렇게 마동우 수사관은 늪에 빠져 있었다.

"오늘은 일찍 왔네?"
마동우의 아내가 문을 열고 들어서는 마동우를 보며 웃었다.
"내일 우리 딸 백일이잖아."
"오~ 신기하네. 백일인 것도 기억하고."
"검사님이 집에 가라고 해서."
마 수사관의 표정은 어둡기만 했다.
"그런데 무슨 일 있어?"
남편의 표정이 어둡다는 것을 직감한 아내가 물었다.
"아니."
따르릉~ 따르릉~

그때 마 수사관의 핸드폰이 울렸고, 마 수사관이 핸드폰 액정을 보고 인상을 찡그렸다.

"왜요?"

"…아니야."

마 수사관이 핸드폰을 봤다.

—마 수사관님, 잘 지내시죠?

"예."

—검찰청에 무슨 일 없습니까?

"무슨 일이 있겠습니까?"

—우리 이창명이 담당 검사님이 마 수사관님 직속이라면서요?

"그렇습니까? 하도 사건이 많아서요."

—그렇습니다. 잘 부탁드립니다.

"그런데 왜 전화하셨습니까?"

—무슨 일이 있나 싶어서요. 우 실장님이 안부 차 한번 전화 드리라고 하셔서 전화 드렸습니다. 내일 따님 백일이죠?

"…예."

"택배 하나 보냈습니다. 아마 곧 도착할 겁니다."

마 수사관은 지그시 입술을 깨물었다.

딩동!

그때 초인종이 울렸고, 마 수사관은 인상을 찡그렸다.

—초인종 소리가 들리네요. 하하하! 검찰청에 무슨 일 있으면 전화 좀 주세요. 서로서로 돕고 살아야 하지 않습니까? 마 수사관님 실적은 제가 알아서 챙겨 드리겠습니다.

"예, 그, 그러죠."

—내일 백일 잘 하십시오. 끊겠습니다.

"예."

딩동! 딩동!

그때 다시 초인종이 울렸고, 마 수사관의 아내가 설거지를 하다 말고 현관으로 뛰어갔다.

뚝!

"누구세요?"

—택배입니다.

마 수사관이 택배라는 말에 현관 쪽으로 걸어갔다.

"누가 보냈습니까?"

"보낸 사람이 박기춘이네요."

박기춘은 바로 자신에게 전화를 걸어온 놈이다.

"반송해 주세요."

"예?"

"…반송입니다. 제가 받을 물건이 아닌 것 같습니다."

"…예? 여기 받으시는 분의 주소가 이곳이 맞는데요."

"그냥 반송해 주세요."

"아, 예……."

택배 직원은 그렇게 말하고 멀뚱거리며 마 수사관을 봤다.

"왜 그러시죠?"

"반송 택배비는?"

"착불입니다."

"예."

"뭔데 반송이야?"

"마누라."

"왜?"

"우리 포장마차나 할까?"

마 수사관의 눈빛이 무척이나 서글프다는 생각이 드는 그의 아내였다.

"왜, 힘들어?"

"그래야 될 것 같아서."

"보고."

"나, 나갔다가 올게."

"또 비상이야?"

이런 일이 한두 번이 있는 것이 아니기에 마 수사관의 아내는 인상도 쓰지 않았다.

"…응."

"내일 백일은 할 수 있는 거지?"

"다녀올게."

그렇게 마 수사관이 즉답을 피하고 밖으로 뛰어나갔다.

"뭐래?"

불길한 마음을 떨칠 수 없는 우 실장은 짜증스럽다는 듯 물었다.

"별일 없답니다."

"날씨 탓인가?"

우 실장이 살짝 인상을 찡그렸다.

에에에에엥~ 에에에엥~

"뭔 소리야?"

"어디 불이라도 났나 봅니다."

"불?"

"예."

에에에엥~ 에에엥~

근처에 불이 났다면 사이렌 소리가 멀어져야 하는데 더 가까워지고 있었다. 그래서인지 찜찜한 마음에 우 실장은 직접 걸어가 창밖을 봤고, 순간 표정이 굳어졌다.

"이런 씨발!"

우 실장이 버럭 소리를 질렀다.

"왜, 왜 그러십니까?"

"불이 난 것이 아니라 내 발등에 불이 떨어졌다."

"예?"

"뭐 됐다. 썅!"

정말 우 실장의 말처럼 뭐가 되어도 크게 된 순간이었다.

박동철은 우 실장 검거를 위해 동방건설 빌딩 전체를 출동한 경찰기동대 버스로 바리케이드를 치듯 둘러막고 있었다.

"형, 형님!"

"애들 있지?"

"예, 형님!"

"막아! 어떻게든 여길 빠져나가야겠다. 꼭 기분이 찜찜할 때는 뭐가 있다니까."

"마동우 이 개새끼가!"

박기춘은 마 수사관을 떠올리며 욕을 했다.

"아무 일 없다며?"

"죄, 죄송합니다."

"이창명 이 개새끼가 배신했군!"

우 실장은 그래도 조폭 짬밥이 있다는 듯 이 사태의 원인이 이창명이라는 것을 직감했다.

"버스로 바리케이드를 치고 전경들은 시위 진압용 대형으로 빌딩을 막습니다!"

나는 일사천리로 지휘했다.

"경찰특공대는 검찰 수사관과 같이 건물 안으로 진입합니다!"

"예, 알겠습니다, 검사님!"

수사관들이 대답했다.

"예, 알겠습니다!"

"선두에는 제가 섭니다. 미리 말씀드렸지만 사시미 들어오면 바로 발포하십시오. 모든 책임은 제가 집니다."

"정, 정말입니까?"

"조폭 새끼들 때문에 대한민국 선량한 국민이 다치는 거, 저는 못 봅니다. 모두 제가 책임집니다."

출동하기 전에 들은 이야기지만 직접 다시 들으니 고마우면서도 놀란 표정을 짓는 경찰특공대 중대장이다.

"예, 알겠습니다."

"저격수는 어디에 배치했습니까?"

"저기! 저기에 배치되어 있습니다!"

"그럴 일은 없겠지만 우 실장이 건물 밖으로 도주하면 바로 다리를 저격해서 생포해 주십시오."

"검사님!"

경찰특공대 중대장이 나를 불렀다.

"예."

"…너무 무리하시는 것 아닙니까?"

"제 별명이 꼴통입니다. 이왕이면 제대로 꼴통 짓 할 겁니다."

"…예!"

모든 준비는 끝났다. 하지만 우 실장의 방어 준비도 끝났다.

정말 전쟁이 시작된 것이다.

"갑시다."

내가 선두에 섰다. 조폭을 가장 잘 아는 것도 조폭이고, 조폭의 싸움을 가장 잘 아는 것도 조폭이다.

'깡다구로 간다.'

주먹을 불끈 쥐었다.

검찰 수사관들은 알루미늄 야구방망이를 들고 있고, 경찰특공대 역시 진압봉을 들고 건물 앞에 섰다.

"어떻게 하……."

깡!

와장창창!

문을 따는 것보다는 강화유리를 부수는 것이 더 빠르다.

"검, 검사님!"

수사관들과 내 뒤에 서 있는 경찰특공대가 멍해졌다.

"국가가 배상하겠죠. 갑시다."

그때 헐레벌떡 마 수사관이 내 쪽으로 뛰어왔다.

"검사님!"

"마 수사관님!"

마 수사관을 보며 인상을 찡그렸다.

"항명이라고 했죠?"

"죄송합니다. 그래도 오늘만큼은 빠지고 싶지 않습니다."

사실 격투기에 능한 마 수사관은 이런 체포 작전이 있을 때 항상 선두에 섰다.

하지만 좋은 일이 있을 때는 항상 나쁜 일이 겹친다.

그래서 마 수사관을 뺀 것이다.

"이런다고 월급 더 주는 것 아닙니다."

"충성! 하겠습니다!"

"이번 작전에서 다치는 분이 배신자입니다."

찰나지만 순간 마 수사관의 굳은 표정이 내 눈에 보였다.

하지만 지금은 왜 그런지는 중요하지 않다.

"예, 검사님!"

모두가 나를 따르는 눈빛이다.

회귀하기 전에도 이랬다. 다른 조직의 보스와는 다르게 나는 다른 조직과 세력 다툼으로 전쟁을 할 때마다 선두에 섰다.

"가자아아!"

나는 버럭 소리를 지르고 권총을 뽑아 들었다.

'예전에는 사시미였는데!'

기분이 참 묘했다. 조폭이던 내가 조폭을 잡기 위해 저 동방건설 빌딩으로 뛰어들고 있으니 말이다.

"어떻게든 막아! 나는 피할 테니까!"
"예, 형님!"
"중국 쪽 배편 알아봐."
"예, 형님!"
우 실장도, 우 실장의 부하인 박기춘도 다급했다.
사실 우 실장의 입장에서는 이런 검거 작전은 예정에 없었다.
원래 검찰이 아무리 비밀스럽게 움직인다고 해도 정보는 흘러나오게 되어 있었다. 그런데 너무나 급하게 전광석화처럼 움직이는 것이 놀랍기만 했다.
"마동우 이 개새끼!"
우 실장은 금고에서 급하게 현금을 챙기며 마동우의 얼굴을 떠올렸다.
"형님, 이젠 가셔야 합니다."
"젠장! 어떻게 여길 빠져나가지? 망할!"
경찰 인원으로 장벽을 친 박동철이다.
우 실장의 입장에서는 이 동방건설 빌딩을 빠져나가는 것도 쉽지 않았다.
"망할 놈들! 에이 썅!"
묵직한 현금 가방을 챙기고 우 실장이 급하게 사무실에서 뛰어나갔다. 그리고 바로 비상계단으로 뛰었다.

"막아!"
동방건설 빌딩 로비에는 동방건설 용역 직원으로 위장한 조폭들이 각종 연장을 들고 대기하고 있었다.

"여기서 뚫리면 다 죽는 거다!"

"예, 형님!"

그런데 대부분의 조폭들이 앳된 모습이다.

중간 중간 나이 든 조폭도 있지만 마치 회사의 인턴처럼, 갓 입사한 직원처럼 젊은 청년이 많았다. 지금 로비를 막고 있는 조폭들은 전국 각지에서 칠승파에게 스카우트된 청소년들이었다.

어리기에, 그리고 세상 물정 모르기에, 또 영상 매체로만 접한 조폭들처럼 의리를 중요하게 생각하기에 이 상황에서도 버티고 있는 것이다.

와장창!

순간 동방건설 빌딩 로비의 강화 유리문이 와장창 깨졌다.

"국가가 배상해 줄 겁니다! 갑시다아아!"

"쌰!"

동방건설 빌딩 로비 강화 유리문을 깨고 경찰 병력이 들어섰을 때, 로비에는 바퀴벌레처럼 어린 조폭들과 그들을 조종하는 용역 직원으로 위장한 조폭들이 버티고 있었다.

그들의 손에는 온갖 흉측스러운 연장들이 들려 있고, 제일 뒤에 버티고 선 놈이 대장처럼 보였다. 아마 그의 명령이 떨어지는 순간 조폭들은 우 실장을 검거하기 위해 투입된 우리를 향해 덤벼들 것 같아 보였다.

"모두 무기 버려!"

검사는 이래서 골치 아프다.

절대 무기를 버리지 않을 것이고 순순히 체포가 되지 않을 것을 알면서도 1차적으로는 좋은 말로 해야 한다. 그래서 답답하다.

"왜 이러십니까? 당신, 누구요?"

제일 뒤에 서 있던 양복을 잘 차려입은 조폭 하나가 앞으로 나오면서 내게 물었다.

"서울지검 형사 8부 박동철 검사지."

"검사님이면 이렇게 깽판을 치면서 들어오셔도 됩니까?"

"나는 그냥 우천재가 필요하니까. 모두 비켜!"

"체포영장 있으십니까?"

"있으면 비킬래?"

사실 아직 체포영장이 없다. 최 사무관에게 무슨 수를 써서라도 받으라고 해놓고 출동부터 했다.

"못 비키죠. 체포영장부터 보여주시죠."

망할 놈들이 대한민국의 법이 느슨하다는 것을 너무나 잘 알고 있다. 이런 실랑이가 있을 것 같아서 경찰기동대 다섯 개 중대를 이용해 사람으로 장벽을 쳤다.

우선은 법대로 해야 하니 지금은 다른 방법은 없었다.

'망할 새끼들, 조폭 주제에 법을 너무 잘 안다니까.'

솔직하게 말하자면 좀 난처했다.

그렇게 대치하는 상태가 됐고, 내가 머뭇거리자 저놈들의 행동대장처럼 보이는 놈이 비릿하게 웃었다.

"딱 보아하니 체포영장도 없으시네요. 와일드하시네. 무슨 쌍팔년도도 아니고."

"닥쳐!"

*　　　*　　　*

박동철이 동방건설 빌딩 진입 30분 전 부장 검사실.

"선배님, 지금 영장 안 나오면 난리가 납니다!"

부장 검사는 해당 판사에게 긴급하게 전화를 걸고 있었다.

—그 새끼, 완전 꼴통이잖아!

"의욕이 넘치는 거죠. 영장 발부해 주십시오!"

—에이, 알았다고!

"사무관 보냈습니다."

부장 검사가 사무관을 보냈다는 말에 판사는 몇 초간 아무 말도 하지 않았다.

—벌써 출동한 거야?

"…예."

—참 너도 쫄따구 복 없다.

"…그러게 말입니다."

—알았다. 오는 대로 발부해서 보낼게.

*　　　*　　　*

동방건설 로비.

"닥쳐!"

나도 모르게 버럭 소리를 질렀다.

"이러면 사유 시설 불법 침입인 거죠?"

"시발 새끼가!"
"하이고, 검사가 불법 침입을 하더니 욕도 하네!"
"검사님!"
그때 기다리고 기다리던 최 사무관의 목소리가 들렸다. 여성임에도 불구하고 이 험악한 분위기가 안으로 뛰어올 수 있다는 것이 놀랍다.
"최 사무관!"
이곳으로 뛰어들기는 했지만 겁먹은 눈빛이다.
"여, 여기……."
최 사무관이 내게 우천재 체포 영장을 내밀었다.
"퇴근하세요. 시간외 수당 꼭 신청하시고요."
나는 최 사무관에게 윙크를 하고 돌아섰고, 최 사무관은 내게 꾸벅 묵례를 하고는 쏜살처럼 사라졌다.
"이거 원했지? 옜다, 체포영장! 우천재 검거 작전에 반항하거나 불응하면 현 시간부로 공무집행 방해로 구형 풀 배팅인 것만 알아! 참고로 범죄 조직 결성 관련 죄목도 추가될 거다."
"하, 시발! 좆같은 소리 하고 있네!"
제일 앞에 선 어린놈이 내게 소리를 질렀다.
'세상 물정 모르는 애새끼!'
나는 매섭게 어린놈을 노려봤다. 그러고 보니 이곳에서 시간을 많이 허비했다.
"비켜!"
"싫다, 이 씨발 새끼야!"
척!

나는 들고 있는 권총을 저것들을 지휘하는 놈에게 겨눴다.

총구가 겨눠지는 순간 살짝 눈빛이 떨렸다.

하지만 여기는 대한민국이고, 경찰이나 검찰이 총을 돌팔매처럼 던질 수는 있어도 쏠 수는 없다는 생각에 가오를 잡았다.

"쏴!"

탕! 탕! 탕!

나는 바로 방아쇠를 당겼고, 첫 총성에 기겁한 바퀴벌레 새끼들이나 다름없는 것들이 바로 바닥에 납작 엎드렸고, 내 뒤에 있는 경찰들과 수사관도 기겁했다.

"세 발까지는 공포탄이라는 건 너희도 잘 알지?"

"이… 씨발! 씨발!"

놈들은 두려움을 떨쳐내기 위해서인지 겁먹은 목소리로 소리를 질렀고, 그와 동시에 급하게 일어났다.

"야!"

그때 조폭 행동대장이 선두에 선 어린놈을 불렀다.

"예, 과장님!"

"동방건설에서 네 미래는 밝다."

"예, 과장님!"

조폭 행동대장이 어린놈을 격동시켰다. 그리고 어린놈이 눈빛이 변해서 사시미를 꺼냈다.

"목 따!"

"예!"

어린놈이 나를 노려봤다.

'정말 막가네.'

칠승파이기 때문일 것이다. 그리고 칠승파의 핵심 인원인 우천재가 잡히면 그대로 칠승파가 무너지기 때문이다. 그렇기 때문에 자신의 자리를 보존하기 위해서라도 이렇게 막나가는 것이다.

'대한민국 정말 미쳐 돌아가네.'

"이야야얍!"

어린놈이 사시미를 들고 내게로 달려들었다.

탕!

한 발의 총성이 울렸다. 나는 정확하게 이제 막 스카우트가 된 것 같은 새끼 조폭의 다리를 조준해 쐈다.

"아아악!"

거친 비명이 울렸고, 그 순간 앞에 있던 놈들이 다시 몸을 움츠렸다.

"총은 쏘라고 있는 거다!"

내가 버럭 소리를 질렀다.

"…정말 개또라이네."

조폭들이 기겁했다. 물론 경찰들도 놀란 것 같다.

"모두 엎드려!"

이제는 실탄이니 쏘지 못할 거라고 생각하겠지만, 혹시 모르는 일이라서 저것들의 과장이 새끼 조폭으로 시험해 본 것이다.

쏘지 못할 거라고 확신한다면 쏘면 된다.

'이래야 이쪽저쪽 덜 다친다.'

물론 시말서는 얼마나 써야 할지 모르겠지만.

탕!

나는 다시 천장을 향해 총을 쐈다.

"나는 오늘만 생각한다! 내 머릿속에는 오직 우천재 잡는 것밖에 없다! 모두 뒤지기 싫으면 엎드려!"

나는 버럭 소리를 질렀고, 어이가 없게도 제일 먼저 엎드린 것은 이 꼴 저 꼴 다 본 과장이라고 불리는 놈이었다.

그리고 그와 동시에 도미노처럼 입구를 막고 있는 새끼 조폭들이 모두 연장을 버리고 엎드렸다

"모두 검거해!"

로비에 서서 막고 있는 조폭의 수가 50여 명이니 우선 50명의 바퀴벌레를 잡은 것이다.

하지만 저것들은 어디까지나 피라미로 이건 실적도 아니다.

"예, 검사님!"

경찰들과 수사관의 목소리가 또 달라졌다.

이제는 나를 절대적으로 신봉하는 것 같다.

"갑시다."

경찰들이 바퀴벌레를 잡을 때 나는 수사관들과 위층으로 뛰었다.

"계단입니다."

이런 급한 상황에서 엘리베이터를 탈 놈은 없다.

다다닥! 다다닥!

비상계단에서 다급한 발자국 소리가 들렸다.

'역시!'

지금 내 뒤를 따라 위로 향하는 사람은 마 수사관뿐이다.

여기까지 오는데 꼴에 전국구 조폭들이라고 반항하는 것들도

있었고, 경찰들도 '여기는 제가 맡겠습니다!'라고 하며 하나둘씩 떨어져 나갔다.

"위쪽입니다."

"조심하세요."

우린 위로 뛰고 있었다.

아마 위에서 들려오는 저 발자국 소리는 우 실장일 것이다. 발자국 소리의 주인은 아래로 뛰고 있다가 우리의 발소리를 들었는지 멈췄다.

촉으로 느낀 거다. 그리고 들은 것이다.

다다닥! 다다닥!

놈이 다시 위로 뛰기 시작했다. 위로 뛰면 갈 곳이 없다.

궁지에 몰리고 오판을 한 것이다.

"졸라게 뛰네, 시발 놈!"

놈이 뛰면 나도 뛴다.

"밑에서 누가 오는 것 같습니다!"

"시발! 배는 준비됐어?"

"인천에 중국으로 가는 밀항선을 준비했습니다."

"시발! 여기만 빠져나가면 되는데……."

"아래로 내려가는 것은 아닌 것 같습니다."

박기춘의 말에 우천재가 급하게 돌아섰다.

"…미치겠네."

그렇게 우천재는 위로 뛰었다. 그럼 그가 향할 곳은 옥상밖에 없다.

다다닥! 다다닥!

이건 체력 싸움도 아니고 죽자고 도망치는 놈을 쫓는다는 것은 쉬운 일이 아니다. 물론 결국은 옥상에서 마주치겠지만 말이다.

위층 비상계단에 우천재와 다른 놈의 발이 보인다.

딱 한 층의 차이인데 잡기가 쉽지 않다.

"휴우!"

나는 멈춰 서서 길게 한숨을 내쉬었다.

"…이거, 몰렸네."

우천재는 다급해서 판단 미스를 했다.

"검사님!"

"가봐야 옥상입니다."

"그렇죠."

"날개가 달릴 것도 아니니까 옥상에서 잡으면 됩니다."

나는 천천히 옥상으로 걸으며 마 수사관에게 말했다.

"그러네요."

이제 숨 고르기를 해야 한다.

비록 우 실장이 중년이지만 내가 알고 있는 우 실장은 타고난 주먹이다. 내가 상대해서 제압할 수 있을지 의문이다.

'주먹보다 총질이지.'

이미 발포를 했다. 그럼 시말서를 써야 하고 어쩌면 지방으로 좌천을 당할지도 모른다.

공은 세웠는데 총질한 검사라고 언론은 난리를 칠 것이고, 내가 쏜 새끼 조폭은 말 그대로 새끼고 어린놈이니 과잉 진압이라고 난리를 칠 것이 분명했다. 현장에서 시퍼렇게 사시미를 들고 내 목을 따기 위해 덤벼들었어도 말이다.

검사나 경찰이 조폭의 사시미에 당하면 잠깐 뉴스에 나지만, 검사가 쏜 총에 어린놈이 맞으면 과잉 진압이라고 난리를 치는 대한민국이다.

'…깡으로 간다.'

인생 깡으로 가는 거다. 그래서 검사가 됐다. 내가 검찰총장이 될 것도 아니니 깡으로 가는 거다.

'지방 공기도 좋지, 뭐.'

저벅저벅!

옥상으로 향하는 문이 닫혀 있다.

옥상 문손잡이를 잡아 돌렸다.

철컥!

후두두! 후두둑!

휘이잉~ 휘이이잉~

문을 살짝만 돌렸는데도 바람과 비가 내 뺨을 때렸다.

초겨울의 서늘함이 느껴진다.

'끝까지 간다.'

나는 바로 옥상으로 진입했고, 옥상에는 우 실장의 오른팔인 박기춘만 보인다.

"우 실장 어디 있어?"

"나야 모르죠. 왜 이러십니까?"

"왜 이러는지 몰라서 도망쳤나?"

마 수사관도 박기춘을 노려보고 있다.

"마동우, 받아먹을 거 다 받아먹고 배신을 때렸단 말이지? 내가 잡히면 너도 끝난 거야!"

나도 모르게 인상이 찡그려져 마 수사관을 봤고, 마 수사관은 지그시 입술을 깨물었다.

"마 수사관님!"

"죄송합니다."

"나중에 이야기하죠."

"마동우! 검사를 찔러! 여긴 아무도 없어! 우리밖에 없어! 그럼 니가 우리한테 지금까지 정보를 흘린 것은 아무도 몰라!"

박기춘은 꽤나 사악하게 말했다.

맞다. 이 옥상에는 나하고 박기춘, 마 수사관밖에 없다.

"닥쳐!"

마 수사관이 박기춘에게 버럭 소리를 질렀다. 하지만 지금 문제는 반드시 잡아야 하는 우천재가 이 옥상에 없다는 것이다.

"마 수사관님!"

"…예, 검사님!"

"후회할 짓 하지 마세요."

"……."

아무 말도 못하고 있다.

심적으로 엄청난 갈등을 겪고 있는 것 같다.

하지만 지금 급한 것은 우천재를 잡는 것이다.

'귀신처럼 사라졌네. 썅!'

우천재를 잡지 못하면 그냥 허탕 치는 것이다.

국민들이 낸 세금으로 산 총알 값도 안 나오는 것이다.

"박기춘, 너를 청부 폭력 알선으로 체포한다."

그렇게 말하고 바로 박기춘을 향해 뛰었고, 그와 동시에 박기춘이 나를 향해 사시미를 뽑아 들고 뛰었다.

미끌!

"이, 이런 망할!"

순간 우천재가 사라졌다는 마음에 급하게 뛰었는데 옥상 물기 때문에 나도 모르게 미끄러졌고, 그와 동시에 사시미가 내 눈앞에서 번뜩였다.

수욱!

"으윽!"

거친 신음 소리가 들렸다.

내게 향하는 사시미를 몸으로 막은 것은 마 수사관이었다.

"이런 병신 새끼가!"

박기춘이 버럭 소리를 질렀고, 그와 동시에 나는 박기춘의 면상을 주먹으로 찍었다.

퍼어억!

"으악!"

거친 비명이 터졌다. 그리고 바로 권총의 총구를 잡고 손잡이로 미친 듯 박기춘의 머리를 찍어 박기춘을 기절시켰다.

"마 수사관님!"

"으으윽!"

"괜찮으십니까?"

"괜, 괜찮습니다."

놀라운 것은 분명 사시미로 찔렸는데 피가 흐르지 않는다는 것이다.

"…방검복 입었습니다."

천만다행이다.

어찌 되었던 내일 백일잔치를 해야 할 사람이다.

사시미로 찔려 그 압박감 때문에 비명을 지른 것 같다.

어찌 되었던 마 수사관이 나를 살린 것이다.

"다행입니다."

"전 괜찮습니다. 어서 우천재를 찾으십시오."

"예."

나도 찾고 싶다.

아니, 잡고 싶다.

'이 개새끼가 어디에 숨었을까?'

우천재는 주먹도 잘 쓰지만 머리고 꽤 잘 쓴다.

물론 엉뚱한 면도 많고.

'어디지?'

미치겠다. 그때 엘리베이터 통제탑이 보였다.

'설마?'

하지만 설마가 현실이 되는 경우가 많다.

14층.

엘리베이터는 14층에서 멈춰 있었다. 그리고 나는 지금 13층이다. 그리고 바로 엘리베이터 버튼을 눌렀다.

딩동!

엘리베이터 문이 열렸다.

'이 새끼, 영화를 너무 많이 봤네.'

내 생각이 확실하다면 우천재는 내가 탄 엘리베이터 위에 있다. 그러니 버튼을 누르지 못하고 저렇게 옥상 바로 아래층인 14층에 엘리베이터가 서 있는 것이다.

나는 그런 생각을 하며 1층을 눌렀다.

"외부로는 절대 못 나간다."

만약을 대비해서 철저하게 동방건설 건물 자체를 경찰기동대 병력으로 막았다 그러니 이 건물 안으로 들어올 수도 나갈 수도 없다.

지이이이잉!

그런 생각을 하는 동안 엘리베이터는 1층으로 내려가고 있었다.

*　　　*　　　*

엘리베이터 천장 위.

'시발, 내려가고 있다.'

놀라운 것은 박동철의 생각 그대로 우 실장은 엘리베이터 위에 숨어 있었다.

영화 같은 일이 벌어지고 있었다.

'어떻게든 여기만 빠져나가기만 하면 된다.'

속으로 그렇게 생각하며 지그시 입술을 깨무는 우 실장이다.

딩동!

엘리베이터가 1층에 도착하자마자 문이 열렸고, 그 모습에 로비를 지키던 경찰들이 놀라 엘리베이터를 쳐다보았다. 그리고 내가 나오자 모든 시선이 내게 집중됐다.

"쉬!"

나는 작은 목소리로 말하며 손으로 조용히 하라는 시늉을 했다. 그리고 이쪽으로 오라고 눈으로 지시하자 진압봉을 든 경찰들이 조용히 다가왔다.

"위에 있습니다."

내가 경찰들에게 작게 속삭이자 경찰들은 다들 멍한 표정을 지었다.

아마 경찰들도 생각하지 못한 모양이다.

그리고 나도 이런 것을 생각해 냈다는 것에 내 스스로 대견했다.

*　　　　*　　　　*

엘리베이터 위.

'됐다!'

우 실장은 어떻게 되었던 1층까지 왔다는 생각에 살짝 미소를 보이며 1층에서 난투극을 벌이더라도 이 동방건설 건물을 빠져나가야 한다고 생각했다.

하지만 지금 당장 나간다면 꽤 많은 경찰을 상대해야 한다는 생각이 들어 좀 더 기다리기로 했다.

'졸라 담배 땡기네.'

아마도 우 실장의 입장에서는 1초가 한 시간 같을 것이다.
'여기서 얼마나 있어야 할까?'

엘리베이터 앞.
"담배 있으신 분?"
급하게 출동해서 담배를 책상 위에 두고 왔다.
"뭐 피우십니까?"
경장 하나가 내게 물었다.
"얻어 피우는 주제에 뭐 가릴 것이 있습니까?"
기다리고 있자니 따분하다.
벌써 한 시간째 이러고 있다.
물론 내 판단이 틀릴 수도 있기에 나머지 경찰들에게는 이 동방건설 빌딩을 철저하게 수색하라고 했다.
내가 완벽한 것은 아니니까.
"그럼 이거라도 피우십시오."
'디스네.'
경장이 내게 담배를 건네며 조심스럽게 라이터까지 켜서 불을 붙여줬다.
휴우~
긴 한숨과 함께 담배 연기를 길게 뿜어냈다.
그때 지원을 온 경찰기동대 전경 중대장이 내게 다가왔다.
"검사님!"
"예."
"빌딩 안에는 없는 것 같습니다."

벌써 한 시간이 넘었다.

"예, 알겠습니다. 이 쥐새끼 같은 놈이 빠져나간 것 같습니다."

나는 엘리베이터 위에 있을 우 실장이 들을 수 있게 큰 소리로 말했다.

"그런 것 같습니다."

이미 전경 중대 중대장도 우 실장이 엘리베이터 위에 있을 거라는 것을 알고 있다.

내가 쇼를 하니 맞장구를 쳐줬다.

"철수 준비하세요."

"예, 알겠습니다."

"오 수사관님! 최 사무관에게 말해서 바로 해외 출국 금지 신청 요청하십시오. 여기를 빠져나갔다면 바로 중국으로 갈 겁니다."

이 역시 들으라고 하는 소리다.

"예, 알겠습니다."

"전경 중대 3개 중대를 빼서 연안 부두를 다 뒤지세요. 밀항을 시도할 수 있습니다."

"예."

물론 말은 그렇게 했지만 나는 결코 우 실장을 잡기 전까지는 여기에서 철수하지 않을 참이다.

군대에서 대침투 작전이라는 것이 있다.

간첩이 나타나면 부대는 봉쇄선과 차단선을 설치하고 지킨다. 그리고 수색을 한다. 지금 나는 딱 그렇게 하고 있는 것이다.

"3개 중대, 철수 준비해!"

전경 중대 중대장도 우 실장이 들으라는 듯 소리쳤다.

"예!"
물론 대답만 크다.
휴우우우~
다시 길게 담배 연기를 뿜어냈다.

*　　　　*　　　　*

엘리베이터 위.
—전경 중대 3개 중대를 빼서 연안 부두를 다 뒤지세요. 밀항을 시도할 수 있습니다.
—3개 중대, 철수 준비해!
엘리베이터 위에 있는 우 실장은 씩 웃었다.
"됐다."
그리고 안도감이 드는지 주머니에서 담배를 꺼내 물었다.
딸칵!
우 실장은 담배에 불을 붙이고 길게 빨았다
"씨발, 내가 나중에 다 죽여주마."
경찰들의 사람 장막이 사라지면 이 건물을 못 빠져나갈 것도 없다고 생각한 우 실장이고, 또 검찰과 경찰이 철수할 것 같이 말한 소리를 들으니 조금만 더 기다리면 될 것 같았다.
그렇게 아주 천천히 담배 한 개비를 피운 우 실장은 엘리베이터 뚜껑을 조심스레 열고 엘리베이터로 뛰어내렸다.
쿵!
그리고 자신이 머리를 써서 수백 명을 따돌렸다는 생각에 으쓱했는지 엘리베이터에 달려 있는 거울을 보며 머리를 손질하고 씩 웃었다.

"머리가 있어야지. 대가리가 나쁘면 손발이 고생하거든. 히히!"

기고만장해진 우 실장이다.

그리고 바로 천천히 엘리베이터 문 열림 버튼을 눌렀다.

지이잉!

천천히 엘리베이터 문이 열렸고, 그 순간 엘리베이터 앞에 박동철의 모습이 보인다.

척!

그리고 엘리베이터 문이 다 열리는 순간 박동철이 우 실장의 이마에 총구를 겨눴다.

"당신을 청부 폭력 및 범죄 조직 결성, 협박 및 공갈, 불법 도박 하우스 개설 및… 아, 졸라 많네! 그리고 그 외 몇 가지의 죄목으로 체포합니다. 당신은 변호사를 선임할 수 있고 묵비권을 행사할 수 있습니다."

"뭐, 뭐야?"

"머리가 나쁘면 손발이 고생해. 어떻게 거기에 기어 올라갔냐?"

박동철이 우 실장을 보며 씩 웃었다.

"이 개새끼가!"

퍽!

"으윽!"

"어디 조폭 새끼 주제에 대한민국 검사한테 욕을 해!"

"검사님!"

경찰 중대장이 놀라 나를 불렀다.

"예, 왜 그러시죠?"

"CCTV……."

"증거 자료 확보하세요."

내 말에 무슨 말인지 알겠다는 듯 전경 중대 중대장이 고개를 끄덕였다.

"예, 알겠습니다."

그렇게 나는 우 실장을 검거했다.

이제 시작이다. 이제부터 칠승파와 전면전이다.

『법보다 주먹!』 5권에 계속…